メディアワークス文庫

見習い

近江泉美

目　次

プロローグ

ごうごうと地吹雪が吹《ふ》き荒《すさ》ぶ。雪が窓を叩《たた》き、突風で屋根や外壁が軋《きし》む。冬の嵐が北の町を白く塗り潰した。

深夜0時。屋敷の中は静けさにくるまれていた。

凍えるような冷気が屋敷に忍び込み、床や壁を冷たくつくりかえていく。

家人は深い眠りにつき、廊下を駆けるネズミの足音も聞こえない。あまりの寒さで時の流れさえ凍りついてしまったかのようだ。

冷たく、静謐《せいひつ》な夜。

「痴《し》れ者《もの》め！」

突如、怒声が夜のしじまを裂いた。

ひいっ、と男は身を縮め、その場にうずくまった。

「ごめんなさい、申し訳ありません！　盗もうとしたわけじゃないんです、本当ですどうしても妻に見せてやりたくて」

明かりの消えた一室に男以外の人影はない。

だが、彼はいた。

部屋の奥——夜の闇よりも深い暗闇の底から醜いしゃがれ声が響く。

「愛する者のためなら、なにをしても許されるとでも？　くだらん。お前なんぞ屋敷の外へつまみ出してもいいんだぞ」

男はぎくりとした。極寒のうねりが腹を空《す》かせた狼《おおかみ》のように吠《ほ》えている。表に出れば最後、またたく間に肺が凍り、体は雪だるまと化すだろう。

男はがたがたと震えながら冷たい床に額をこすりつけた。

「許してください、出来心だったんです！」

その傍らには一冊の本があった。繊細な金細工が施された銅色《あかがねいろ》の革装丁だ。美しい書籍は見る者が見れば喉から手が出るほどほしがるだろう。しかし学のないこの男に読める代物ではない。

暗闇に座した彼は考えをめぐらせ、すっと金の目を細めた。

「その本がほしいか」

「ほ、ほしいだなんて。ただ病気の妻に一目見せて——」

「こっちを見るな！」

顔を上げようとした男を一喝で制する。男は青ざめ、じっと床の一点を見つめた。

一秒が何時間にも感じられる。

やがて暗闇からしゃがれ声が響いた。

「いいだろう、貸してやる。本を持って帰るがいい」

「本当ですか！」

「ただし交換条件だ、よく聞け――」

告げられた言葉に男は絶句した。

しかしどうして断ることができよう。男はうなずくことしかできなかった。

こうして、ひとつの契約が結ばれた。

凍《い》てつく冬の夜を溶かしたような、冷淡で美しい盟約。

魔法の契りに期限はない。

男がそれを思い知るのは、遥《はる》か未来のことである。

§

夏の札幌《さっぽろ》は涼しいなんて、誰が言ったんだろう？

八月最初の週末。美原《みはら》アンは大きなトランクを引きずって市電に乗り込んだ。首筋にまとわりつく三つ編みを背中に払い、窓から吹き込む風にほっと息をつく。

アンは高校一年生。生まれも育ちも東京で、一人で旅行するのは初めてだ。初めての北海道、初めての札幌、初めての路面電車。たくさんの〝生まれて初めて〟に胸が躍る。

しかし喜びはすぐにしぼんだ。

お父さんのばか。

——札幌に行っておいで！

唐突に父の太一《たいち》が言い出したのは、ほんの三日前。

「お父さんが若い頃にお世話になったお屋敷があるんだ。籾《もみ》さんっていう、すごく親切でいい人たちでね。前から遊びにおいでって誘われてたんだけど、お父さん都合がつかなくて。アンちゃん、夏休みに旅行したいって言っただろ？　ちょうどいいから行っておいでよ、一人で二週間くらい、ぱーっとね！　はい、飛行機のチケット！　籾さんのお土産はなににしようか、やっぱり東京《とうきょう》ばな奈《な》かな？」

ぽかんとしていたアンは満面の笑みで差し出された航空券を見て我に返った。

「なんで勝手に決めちゃうの⁉　私、行くなんて言ってない、この話聞くのもいまが初めてだよ。だいたい一人ってどういうこと、お父さんは一緒じゃないの？」

「お父さんは、その……上海《シャンハイ》に行こうかなって」

「ええ⁉」

「だって、千冬《ちふゆ》さんに会いたくなっちゃったんだ」

アンはうめいた。母の千冬はキャリアウーマンで、海外出張中だ。

太一は四十歳半ばになっても新婚気分が抜けない。妻にベタ惚《ぼ》れで、千冬の長期出張の話が出たときの落ち込みようといったら、アンが気の毒に思ったほどだ。そしてこの父は信じられないほど能天気でマイペースだった。

アンは溜息《ためいき》をついた。ときどき、自分のほうが父親より年上に感じる。

「お父さん、仕事はどうするの。そんな何日も休めないでしょ」

「お盆休みと有休くっつけた！」

得意満面で言われ、手の甲をつねってやりたくなる。

「来週からマンションの修繕工事あるし、うるさくて家にいられないよ。アンだって埃《ほこり》臭《くさ》いの嫌だろう？　それならホームステイしよう！　夏の札幌は最高だよ。食べ物おいしいし、涼しいし、風景きれいだし、食べ物おいしいし！」

「食べ物、二回言った」

「なにも心配ないよ、籾さんは恐《こわ》い人じゃないから。気さくでいい人なんだ」

「そうじゃなくて！　他に私に言うことがあるでしょ！」

太一は真顔になり、娘の肩に手を置いた。それから慈愛に満ちた眼差《まなざ》しを向ける。

「お父さんは、アンちゃんのことが大っ好きです」

アンは力いっぱい太一の手の甲をつねった。


そのときのやりとりを思い出し、アンの眉間に深いしわができた。

西4丁目を出発した市電は快調に進んでいた。デパートやホテル、金融機関のしゃれた建物が車窓を流れる。大通公園《おおどおりこうえん》周辺はビルが多く、どこかで見たような町並みだ。退屈に感じたとき、道路の真ん中に大きな古木が現れた。緑豊かな中央分離帯に驚く間にも市電は左折し、前方が明るくなる。その光景に目を奪われた。

青く輝く空の下、道路がまっすぐ延びている。

坂や起伏はない。平坦《へいたん》な道はどこまでもまっすぐに、遠くに見える山裾まで続いているかのようだ。人と建物がぎゅうぎゅうに密集する東京には決してない風景だ。

私、北海道に来たんだ。

急に実感が湧いて、笑みがこぼれた。窓から吹き込む風に胸が高鳴る。

この道の先に新しい生活が待っている。

市電に揺られること十数分、住宅街で下車した。ここからホームステイ先の籾家まで徒歩だ。二週間着回せる服と雑貨が詰まったトランクはずしりと重く、少し歩いただけで玉のような汗が浮いた。地図アプリが目的地到着を告げたとき、アンは汗だくになっていた。

額の汗を拭って正面を見、きょとんとして目を瞬《しばた》く。

塀だ。古い赤レンガの塀で、上部からこんもりと茂った緑のツタが炭酸の泡みたいに溢《あふ》れている。右を見ても左を見ても赤レンガの塀が延々と続いている。

道なりに進み、片開きの門扉を見つけた。いまにも崩れそうな戸の横には『籾』の表札があるが、門の向こうはどんよりと暗く、鬱蒼《うっそう》とした雑木林が広がるばかりだ。

「こんなところに人住んでる……？」

訝《いぶか》しく思ったとき、目の端でオレンジ色のふさふさしたものが揺れた。

門柱の上に猫が寝そべっている。ペルシャ猫だ。潰れた鼻に眠そうな目つき。ジンジャーオレンジの毛並みのぽっちゃり体型で、なんともいえない愛嬌《あいきょう》がある。

「こんにちは」と声をかけると、猫は迷惑そうな様子で門柱を降りた。ぽてっと音がしそうな重たい動作だ。雑木林にわけいるその姿にアンははっとした。

　フキの葉の陰に細い道がある。

「ナー」

　ペルシャ猫がダミ声で呼んだ。それから、ふさふさの尻尾を一振り。

　オレンジの毛並みが植物の間に消えるのを見て、慌ててトランクを取った。草木を傷つけないよう背中でかきわける。息を弾ませて後ろ歩きで進むと、緑の波間に三角ペディメントの軒が現れた。小さな玄関は門扉と同じくらい古そうだ。木製の扉におもちゃみたいなドアベルがひとつ。ペルシャ猫の姿は見当たらなかった。

　玄関に着くと、ほっと吐息がもれた。

　東京の自宅からバスと飛行機と電車を乗り継いで七時間。やっと目的地だ。くたくたに疲れていたが気を抜くのは早い。二週間も世話になるのだから第一印象は重要だ。

　シトラスの香りの汗拭きシートで額と腕を拭い、服と三つ編みを整えた。すっかり身だしなみを整え、すまし顔でドアベルを押す。すると、

「ギャアアアア！」

　突如、家の中から叫び声があがった。ワアアア、と赤ちゃんが泣き叫ぶような声がして、重たいものが転げる。どすん、と鈍い音を最後に静寂があたりを満たした。

「え……っ、な、なに」

　いきなり玄関のドアが開き、血まみれの青年が飛び出した。

「ぎゃあああ！」

アンは自分が悲鳴をあげたと思ったが、そうではなかった。

声の出所は青年の胸元――腕に抱えた猫だ。先ほどのペルシャとは違う黒の短毛種で、後ろ脚だけブーツを履いたように白い。抱っこされるのが気にくわないのか、猫は青年の長袖にバリバリと爪を立てていた。

「誰だ」

アンはぎくりとした。遥か高みから鋭い眼光が見下ろしている。

長身の痩せた青年だ。血色が悪く、前髪の間から鋭い三白眼が覗《のぞ》く。険しい眉に尖《とが》った鼻。きつい印象に整った顔立ちも恐いが、頬のひっかき傷からだらだらと血が出ているのも恐ろしい。血まみれだと錯覚したのはこのせいだ。

「誰だ」

地の底から響くような暗い声が繰り返す。

「あ……、あの、私」

フーッ！と猫が不満の声をあげた。青年は仏頂面のまま腕から猫を引き剝がした。

すかさず横からキャリーバッグが出てきて、アンは度肝を抜かれた。

よく見れば青年の陰に小柄な男性がいる。

「ごめんね、びっくりしたでしょ。〈長靴〉は病院が嫌いでね」

丸顔に丸眼鏡の人のよさそうなおじさんだ。年齢は太一より上だろう。男性は猫をキャリーバッグにしまいながらアンにほほえみかけた。

「うちにご用かい？」

「あっ……私、美原アンです。美原太一の娘です、今日からお世話になります」

お辞儀すると、男性はちらりと強面《こわもて》の青年と視線を交わした。

「こんにちは、美原さん。ええと……どこから来たのかな」

「東京です」

「ははあ、東京から」

それから、と続きをうながす眼差しにアンは目をぱちぱちさせた。

「ここ、籾さんのお宅ですよね？」

「そうだよ。ぼくは能登《のと》で、こっちが籾さん」

「あの、昔、父がこちらでお世話になって。遊びにおいでと籾さんから連絡をもらったんです。それで今日から二週間、泊めてもらう約束――」

「そんな約束してない」

青年が扉を閉めようとしたので、アンはドアに飛びついた。

「ま、待ってください！　たしかに父が籾さんのところへ行きなさいって……わあ あっ、閉めないで！」

「セージ君。ここはいいから」

ノトと名乗った男性が青年の胸にキャリーバッグを預けた。

「〈長靴〉を先生のところに連れてって。ついでにセージ君も病院に寄っておいでよ。顔、血が出てる。背中も打ったでしょ。まったく、いくら〈長靴〉がかわいいからって猫をかばって階段を転げ落ちるなんて。お尻は平気?」

青年は苦虫を噛《か》み潰《つぶ》したような顔になり、踵《きびす》を返した。

「………病院はあとで行く」

「そうかい? じゃあ美原さん、中においで」

手招きされたが、アンは足に根が生えたように動けなかった。

〝気さくでいい人〟の籾さんは、人相の悪いぶっきらぼうな人。しかもホームステイの話が通じていない。嫌な予感がした。

そして、嫌な予感ほど当たるものなのだ。


「どうして電話に出ないの……!」

アンは泣きそうな気持ちで十回目の電話を切った。何度かけても太一は出ない。SNSやショートメッセージを送っても、なしのつぶてだ。

「そのうち連絡あるよ。はい、麦茶」

氷の入ったグラスを差し出したのは能登六花《りっか》――ノトの妻だ。ノトと同じくらいの年齢だろう。がっしりした体格の女性で、日焼けした肌と笑顔が眩《まぶ》しい。

八人掛けの大テーブルの端に座ったアンは礼を言ってグラスを受け取った。

籾家のダイニングキッチンは広々としていた。木目調のキッチンに天然木のテーブルや食器棚。天井は高く、開け放たれた窓から入る風が心地よい。

「美原太一さんねえ……聞き覚えはあるんだけどねえ」

アンの斜向《はすむ》かいに座ったノトが太一の名刺を手に頭を掻《か》いた。思い出すきっかけになればと渡したが、丸眼鏡の男性は首をひねるばかりだ。

「お父さん以外に連絡取れる人いる？　お母さんとか」

「あ……千冬さんは」

アンは口ごもった。ノトの言うように母親の千冬に連絡しなければ。頭ではわかっている。しかしこんな状況を知れば千冬は胸を痛めるだろう。

気まずい沈黙が広がると、リッカがからりとした口調で話題を変えた。

「セージ君、本当に美原さんに連絡してない？」

「してない」

窓辺の青年は口の中でぼそぼそと言った。それからきつい三白眼でアンをじろり。

そんなに睨《にら》まなくたって。嘘《うそ》なんかついてないのに……あ、そうだ！

「父に届いたメールがあります。ここの連絡先があるから転送してもらったんです」

スマホの画面にメールの本文を出し、端末ごとノトに手渡す。

メールはこんな書き出しで始まっていた。

〝〈モミの木文庫〉のご利用、ありがとうございます。

下記の図書の返却期限が過ぎております。速やかな返却にご協力ください――〟

ノトは眼鏡を額にのせ、スマホを持つ手を顔から遠ざけた。

「ああ、うちの自動送信のメールだ。でもこれ、自動じゃないね」

定型文のようだが、書籍情報と連絡先の下に文章が加えられている。とても奇妙で、不思議な一文が。

〝みはらどの。やくそくをはたされよ、としよやしきにまいられたし。〟

ノトは目をぱちぱちさせた。

「約束を果たされよ、図書屋敷に参られたし……なんだこりゃ」

「帰れ」

突然声が響いたかと思うと、セージがものすごい形相でノトの手からスマホを奪い、アンに突き返した。

「いますぐだ、早く」

「え？　でも」

「帰ってくれ、迷惑だ！」

強い口調で撥《は》ねつけられ、アンは凍りついた。

……じゃあ、どうしたらよかった？

ホームステイを決めたのはお父さんだ。勝手に決めて、チケット押しつけて。連絡の行き違いなんか知らない、ここに来たいなんて頼んでない。

不意に胸の底から熱いものが突き上げ、喉の奥がぐっと締めつけられた。

なにを感じたのか、自分でもわからなかった。様々な感情が一度に押し寄せて、心がぐしゃぐしゃになる。

アンは後れ毛を耳にかける動作に隠して耳をつねった。

大丈夫、お金持ってる。銀行のカードも。お年玉を下ろしてどこかに泊まろう。一泊いくらかな、高校生だけで泊めてもらえるかな……ううん平気、どうにかなる。

不安を押し殺して自分に言い聞かせた、そのときだった。

「まあ、今日は泊まっていきなさい」

リッカがあっけらかんと言った。ノトもうなずく。

「そうだね。なんもお構いできないけど、部屋はあまってるから。お父さんとは行き違いでしょう。とりあえず今日はうちで休んで、明日考えたらいいよ」

「なに言ってるんだノトさん」

セージが目を吊《つ》り上《あ》げたが、ノトはのんびりと麦茶をすすった。

「もう三時だよ。いまから帰せないでしょ。東京から来て泊まるところもないんだよ」

「それはそうだろうが」

「美原さんのお父さんはうちを知ってるみたいだし、昔お世話になったって言うんだから、セージ君のご両親のお客さんだよ」

「そうだとしても、いまは違う」

「違わないよ。少なくとも美原太一さんは大切なお嬢さんをうちに預けたと思ってるんだ。なにかあったらどうするんだい」

「……俺には関係ない」

セージ君、とノトがたしなめると、強面の青年は眼差しを鋭くした。

「だめだ。とにかくうちはだめなんだ」

「……」

「ホテルを手配する。札幌駅まで徒歩五分圏内、四つ星以上。充分だろ」

「……」

「ノトさん!」

ノトはしょんぼりした顔で麦茶をちびちびと飲んだ。急にふけこんだように背中をまるめ、物憂げな吐息をもらす。

セージはうなり、片手で顔を覆った。長い沈黙。そして。

「…………………………もういい」

青年が吐き捨てると、ノトはぱっと表情を明るくした。

「そうかい？　さすがセージ君。じゃあ美原さん、そういうことだから」

いや、どういうことですか。

やりとりを見ていたのに状況がのみこめない。

尋ねようとしたとき、目の前に、どん、と大皿が置かれた。

「はいよ、とうきび。夕飯までこれ食べて待ってな」

リッカがにっと笑い、ゆでたてのトウモロコシの山を残してキッチンへ向かった。

とう、きび……？　とうきびってトウモロコシのことかな。えっ、夕ごはんの前にトウモロコシ食べるの？　ん、夕ごはん⁉

「えっ、あ、あの」

疑問が喉で渋滞を起こす。リッカを呼び止めようとしたとき、横からノトが言った。

「美原さん、おじさんがお父さんに連絡していいかい？」

「はい？　あっ、はい！」

「この名刺のモバイル番号は会社の？　それともお父さん個人の？」

ええと、と言葉を探すが、頭の中は大混乱だった。あれこれ質問され、尋ねるタイミングを逸し、気がつくとトウモロコシを食べながらノトと世間話をしていた。あれよあれよという間に午後六時を過ぎ、アンは籾家の夕食の席についていた。

おかしい。なんでこんなことに。

食卓を囲んで愛想笑いしながら自問する。太一からの連絡はない。上海行きの飛行機内か、スマホを機内モードにしたまま忘れたのだろう。何度もスマホを見るのは失礼な気がして、父からの連絡を待つ体《てい》になってしまった。

気になることは他にもある。どうしてセージとノト夫妻は苗字《みょうじ》が違うのか。なぜ夫妻と一緒に夕食をとるのか。セージの両親は――訊《き》きたいことは山ほどあるのに、ひとつも口に出せなかった。

見ず知らずの人間がいきなり夕食にまざるって、どんな気持ち？　罪悪感が重くのしかかる。どう考えても普通じゃないし迷惑だ。それなのにノトたちは嫌な顔もせず食事をふるまい、太一と連絡がつくよう手を尽くしてくれる。

アンはにこにこして相づちを打った。行儀よく、愛想よく。

仏頂面で黙々と食事をするセージの姿に、なぜだか少しほっとした。

「寝るところはどうしようかね」

夕食の後片付けを手伝っているとリッカが言った。「そうだなあ」とノトが呟《つぶや》く。

「別棟の客室は？」

「いやー、埃っぽくて、あずましくないでしょ」

あずましくないってなんだろ。考えるうちにもリッカが「女の子なんだから洗面台の近くがいい」「鍵がかかる部屋じゃなきゃ」と注文をつける。

ノトは顎をなでて立ち上がった。

「よし、空き部屋が使えるか見てこよう。長いこと物置だからなあ」

「あの！」

たまらずアンは声をあげた。食事ばかりか寝るところまで。数時間前に会ったばかりの自分がここまでしてもらう道理はない。

「泊めてくださって、ありがとうございます。こんなことになってごめんなさい。父がきちんと連絡していれば……。せめてここに来る前に私が電話すればよかった」

ノトとリッカは顔を見合わせて、はあー、と感嘆の声をもらした。

「すごい！　東京の子はしっかりしてる！」

「美原さん三月まで中学生だったんだよね。近所の子に見習ってほしいわ」

「でも私ご迷惑かけて！　籾さんにも……不快な思いを」

リッカはけらけらと笑った。

「緊張してるんだよ。セージ君も久しぶりのお客さんで嬉《うれ》しいのさ」

それはないです。

視界の隅で殺し屋のように目を光らせる青年を感じ、アンは身震いした。

夫妻は話に夢中だ。寝室を使うなら換気が必要だ、掃除もしないと、寝具が使えないかもしれない、新しいシーツと布団カバーを買ってこよう、とだんだん話が大きくなり、いたたまれない気持ちになる。

「二階の角部屋」

そのとき、不機嫌な声が響いた。ノトが驚いた顔でセージを見た。

「いいのかい、セージ君。だってあの部屋は——」

セージはノトをぎろりと睨んで廊下に出た。戻ってきた青年の手にはアンのトランクがあった。重たいので玄関に置かせてもらっていたのだ。

青年はアンが苦労して運んだトランクを軽々と持ち上げてダイニングを横切った。

「ついてこい」

低い声で呼ばれ、心臓が縮む思いがした。行きたくないが断れる立場ではない。

夫妻に一礼して廊下に出ると、青年は二階へ向かうところだった。急勾配の階段はステップが高い。青年が一段上がるごとに板が軋み、ギーギーと悲鳴をあげた。トランクが重いせいだろうが、怒りを込めて踏みしめているようにも聞こえる。

どうしよう、自分で持ちますって言ったほうがいいかな。でも階段の途中で話しかけるのは迷惑？　だけどトランク持たせたままも失礼なような——

「いまから言う三つのことを必ず守るんだ。うちのルールだ」

不意の命令口調にアンは身を縮めた。

ルールよりセージが怖い。不機嫌で威圧的。口数が少なくて親しみのかけらもない。

「ひとつ目、ケータイやスマホ、ネットに繫《つな》がるものを図書館に持ち込まない」

メールに〈モミの木文庫〉や返却期限と書かれていたのを思い出す。場所を知らないので行きようがないが、おとなしく「はい」と答えた。

「ふたつ目。部屋の鍵は常にかけて夜は部屋から出てはいけない、一歩もだ」

青年が二階の突き当たりのドアを開けた。アンが部屋に入ると「照明のスイッチはここ。洗面所はこの部屋の向かい」とぶっきらぼうに指す。

おざなりな説明で出て行こうとしたので、アンは思わず声をかけた。

「あの、ルールは三つですよね……？　あとひとつは？」

ぎろりと鋭い眼光がアンを射貫《いぬ》く。

ひえぇっ……いちいち目が怖い！

冷や汗をかきながら言葉を待つと青年が呟いた。

「猫の言うことに耳を貸してはいけない」

ぱたん、とドアが閉まった。

「猫の言うこと……って」

聞き間違いだろうか。しかしドアを開けて確認する勇気はなかった。青年から解放された安堵《あんど》が勝り、鍵をかけてほっと息をつく。

籾家に来て初めて呼吸ができた気がした。

こぢんまりとした部屋だった。パステル調の可愛《かわい》らしい内装で、備え付けのクローゼットの他にベッド、アコーディオンデスクがある。

トランクを広げられそうなのはベッドの上くらいだが、パッチワークのカバーのかかった寝具を目にしたとたん、アンはその上に倒れ込んでいた。

「…………疲れた」

心の底から呟いて、ポケットのスマホを探る。

太一からの着信はなかった。SNSを読んだ形跡もない。アプリ経由で電話しても呼び出し音がするばかりだ。三回かけ直し、スマホを放った。

「もう、ほんっと信じられない」

海外だから繋がらないのかな。事故だったらどうしよう……お父さん無事？　もしこのまま連絡が取れなかったら。

「――――え？」

ごろんと仰向けになり、目を閉じる。

いろいろありすぎて頭がパンクしそうだ。不安で胸が潰れそうなのに緊張と長旅の疲れで体がだるい。

「とりあえず下に戻って、ノトさんたちにあいさつして、着替えて、それからもう一度お父さんに連絡して、ああ、千冬さんにも知らせないと……」

考えるうちにも眠くなってきた。

アンは疲れ切っていた。全身が泥のように溶け、不安と焦りがまどろみに沈んでいく。いつしか胸は規則正しい寝息に上下していた。リッカが風呂を勧めに来たことにも気づかず、仰向けに倒れたまま熟睡した。

屋敷のどこかで時計が深夜０時を告げた。

――――やい。

まどろみの底から声がする。

「やい、小娘」

醜い、しゃがれ声。

寝返りを打とうとしたが、なぜか体は動かない。

「起きろ、寝坊助《ねぼすけ》め」

うるさいなあ……。

薄目を開けると、二つの月が見えた。濃い黄色の三日月——いや、月ではない。目だ。金色の三日月に抱かれた暗色の瞳孔が鈍く輝いている。

アンの胸の上にぽっちゃりしたペルシャ猫が座っていた。

ジンジャーオレンジの猫は鼻先をアンの顔にぐっと寄せ、細い牙を見せた。

「おはよう小娘ちゃん。さあ、仕事の時間だ」

金の瞳がにやりと笑った。

一冊目

『荘子 第一冊 内篇』 荘子

1

猫がアンの胸に座り、その顔を覗き込む。潰れた鼻に眠そうな目つき。日中、赤レンガの門柱にいたジンジャーオレンジのペルシャ猫だ。

「おはよう小娘ちゃん。さあ、仕事の時間だ」

アンはニタニタと笑う猫を眺め、フッ、と口許《くちもと》を緩めた。

「なんだ、夢か」

猫がしゃべるわけがない。安心して目を閉じた瞬間、腕に鋭い痛みが走った。

「いたっ⁉」

アンが飛び起きると、猫はベッドに着地して爪をひっこめた。

「行くぞ。鍵を持て、ぐずぐずするな」

「鍵って？」

そこだ、と猫がアコーディオンデスクを顎でしゃくる。

寝ぼけ半分にベッドを出ると、机の上にカードサイズの紙があった。版画だろうか。蝶《ちょう》と花の絵が描かれている。他にはなにも置かれていない。

「早く鍵を取れ」

「鍵なんてないよ。ほら、こんな紙しか――」

　猫に見せようと絵に触れたときだ。アンの手が淡い光を帯び、皮膚の下からにゅっと輝く翅《はね》が生えた。次の瞬間、腕から無数の蝶が湧き立った。

「わあああっ!?」

　驚いて床に尻もちをつく。その間も腕から白い蝶が飛び立ち、部屋を埋めつくした。飛び回る蝶の大群は透き通るようにして消え、やがて一頭だけが残った。

　純白の、美しい蝶だ。モンシロチョウよりも大きく、翅はステンドグラスのような縁取りに彩られている。繊細な翅が震えると、リリン……と涼やかな音色が響いた。

「ぼさっとするな、鍵が逃げるぞ」

「へっ?」

「どんくさい小娘ちゃんだな。蝶だ、早く捕《つか》まえろ」

　蝶が鍵なの！　小娘ちゃんって私のこと？　腕の心配してくれてもいいのに、ていうか寝込みに叩き起こしておいてどんくさいはひどくない??

　いろいろ言いたいところだが、蝶はひらひらと戸口に向かい、ドアに溶けた。

「すり抜けた!?」

　これだから夢はなんでもありで困る。アンは鍵を開け、廊下に飛び出した。

　ひらり、ひらり。燐光《りんこう》が階段を下る。

蝶を追いながら体の軽さに驚いた。足は軽やかに宙を踏み、風のように廊下を駆ける。寝静まった屋敷を出歩くのはいけないことをしているようで、少しわくわくする。

蝶に続いて洋服とコートをかきわけ、クローゼットの通路を抜ける。すると突然視界が開け、真っ白な空間に出た。

なにもない白亜の世界に深紅の絨毯《じゅうたん》がまっすぐに延び、その両脇に青紫の花が咲き乱れている。ラベンダーに似ているが、花は大きく、色も濃い。

そして絨毯の終着点には巨大な扉がそびえていた。

アーチ型の純白の扉で、表面に青紫の花が絡んで固く扉を閉ざしている。まるで花が守っているみたいだ。ためしに押してみたが、びくともしなかった。

「下がれ、鍵に開けさせろ」

後ろから猫のしゃがれ声が響いた。奇妙な言い回しだが、謎はすぐに解けた。

白い蝶が花の一輪にとまると、蝶の重みで青紫の花がお辞儀するように頭《こうべ》を垂れた。かちっ、と音がして青紫の花がほどけ、扉がひとりでに動き出した。

「開いた……なんで蝶で開くの？」

「荘子《そうし》だ」

「そうし？」

「昔者庄周梦为蝴蝶，栩栩然蝴蝶也」

「猫が中国語しゃべった!?」

「ケッ、『胡蝶《こちょう》の夢』も知らないのか。頼りないのが来たもんだ。ほれ、入れ」

猫は生意気だが、魅力的な誘いだ。こんなにすてきな入り口なら扉の向こうはもっとすてきに違いない。アンはうきうきと足を踏み入れ、まばたきを忘れた。

「うっわ」

灰色だ。その一言に尽きるほど視界が濁っている。

洋館の廊下のようだが、天井に暗雲がたれこめ、溜息のような生ぬるい風が吹く。ひび割れた壁に毛羽立った絨毯。どこもかしこも古ぼけていてカビ臭い。

そのとき、アンは自分がエプロンドレスを纏《まと》っていることに気づいた。

フリルとフレアのたっぷりとしたエプロンで、下は生成りのシャツにスキニーパンツ、スニーカーというでたちだ。スニーカーはさておき、袖の膨らんだ立て襟シャツとエプロンドレスはアンティークのようなデザインだ。

「ようこそ、図書迷宮へ」

ジンジャーオレンジのペルシャ猫が胸を膨らませ、誇らしげに言った。

「図書迷宮？」

「そうさ。そしてオマエは今日から司書見習いだ」

「なんの話？　私、本のことなんか」

知らない、と言おうとした瞬間、猫がアンのふくらはぎに爪を立てた。

「いたっ⁉」

「無駄口をたたくな。さあさあ働け、キビキビ働け！」

「もう！　つつかないでってば！」

猫に追いたてられて近くの部屋に逃げ込むと、異様な気配が肌を刺した。うなじの毛が逆立つような不気味な空気にたたらを踏む。

濃い霧の中には見上げるほど大きな書棚が列をなしていた。豪奢《ごうしゃ》な装飾で彩られたそれらは苔《こけ》むし、黒ずんでいる。埃とカビと死。腐った魚のようなきつい腐敗臭に満ち、息をするのもためらわれる。

足首になにか触れ、アンは飛び上がった。とたんに濃霧の中の視線がいっせいにアンに注がれた。体温のないなにかが床を這《は》い、ざわざわと空気がうなる。

ここにいてはいけない。帰れ——自分の内側から響いた声に背中に冷たい汗が滲《にじ》んだ。ただちに部屋を出ようとしたが、猫は取り合わなかった。

「害はない。さあ、掃除だ掃除」

どこからともなく掃除道具を出して押しつける。アンはしぶしぶ書棚の埃を落として回った。棚を乾拭《からぶ》きし、一息つく間もなくモップがけ。こんなところに人は来ないよ、とふてくされたとき、なにかと肩がぶつかった。アンは横を見、凍りついた。

顔だ。おじさんの幽霊がアンの体にめりこんでいる。

ひえええぇ……！

体の中を高密度の空気が動く感覚に全身が総毛立つ。息を止めて数十秒。おそるおそる振り向くと、しゃれたスーツの幽霊は何事もなかったように歩いていた。

「あ、あの幽霊っ、いいいいま私の中を通り抜け…………あれ？」

幽霊に見覚えがある気がした。

七三分けの髪に特徴的な口ひげ。古い白黒の画像でしばしば目にする人だ。

「ねえ、あの人……夏目《なつめ》漱石《そうせき》？ 漱石だよね、あのひげ見たことある」

「だからなんだ。漱石なんざ、そのへんにいるだろ」

そのへんにいないよ！ と言い返そうとして、はっとした。

霧の中にはたくさんの幽霊がいた。人間、動物、魚の姿をしたもの。大半は灰色で形が崩れている。漱石のように顔立ちや服装のはっきりした者は珍しい。

そのとき、色のある人間が前を横切り、アンは度肝を抜かれた。

「うそ!? シャーロック・ホームズがいる！ ホームズっていうか、あの人ベネディクト・カンバーバッチ!? すごい、なんでいるの！」

イギリスの人気テレビドラマ『SHERLOCK』の主演俳優だ。太一が海外映画やドラマが好きで、アンも一緒に観《み》ていた。目の前のホームズはカンバーバッチと少し違う気もするが、あの目鼻立ちは見間違いようがない。

「ねえワトスンもいる？　映画の『ホビット』で主役やった人！」

ミーハーめ、と爪でぶすりとやられ、アンは飛び上がった。

「漱石は〈著者〉、ホームズは〈登場人物〉だ。どっちも本のイメージの産物で架空の存在さ。わかったな」

「どういうこと？」

「おしゃべりは終わり！　さあさあメインの大仕事だ。喜べ、本を運ばせてやる！」

ぽっちゃり猫が書棚にのぼり、前脚で一冊を指した。棚の本はどれも灰色でごつごつとしている。よく見れば、本の形をした石だ。

うわあ重そう……運びたくないな。

感情が顔に出ていたのだろう。猫は無言で、にゅっ、と爪を出してみせた。

「わっ、運びます、運べばいいんでしょ！」

棚から本を引き出すと、ずしりと重みが腕にきた。軽く五キロはありそうだ。

「落とすなよ。オマエがコケて頭を打とうが鼻血噴こうが、本のほうが大事だ」

「ひとでなしっ」

「猫だからニャー」

かわいくない猫だ。アンは本を胸に抱え、よろよろと歩いた。一歩進むごとに腕の中でページが擦れ、ざりざりと音がする。手触りは石だが構造は紙の本と同じらしい。

胸から浮かせて確認すると、表紙には二匹の蛇が互いの尾を噛んで輪をつくり、中央に『はてしない物語《ものがたり》』とタイトルがあった。

「ねえ、少し休まない？　この本ものすごく重くて」

「読まれなくなってずいぶん経《た》つからな」

「……本って、読まないと石になるんだっけ」

「当たり前だろ、読まれない本は化石になる。〈著者〉も〈登場人物〉もニンゲンに忘れられたら幽霊まっしぐらさ」

そうだっけ？　違和感があるが、断言されるとそうだった気もする。

「年々〈モミの木文庫〉を読むニンゲンが減って迷宮は滅亡寸前、このままじゃ本当に滅ぶ。そこで小娘ちゃん、オマエの出番だ。小娘ちゃんは司書見習いとして図書屋敷と図書迷宮、両方であくせく働くんだ」

「ああ、司書見習いね……」

関わる気などなかったはずが、司書の件をすんなり受け入れていた。

猫はニタニタしながら饒舌《じょうぜつ》に続けた。

「図書屋敷の利用者を増やして繁盛させるんだ。迷宮では掃き掃除、拭き掃除、乾拭き、ヤスリ掛け、書庫の整理、虫退治、本のお悩み相談もあるぞ」

「そっかあ。私、忙しいんだ」

「ニャヒヒ、そうさそうさ、大忙しだとも。まあ、油断しないこった。いくら見習いでも、ここで死ぬと本当に死ぬからな。ベッドで冷たくなるのは嫌だろ?」

死ぬ。その言葉を耳にしたとたん、ぱちっ、と意識が覚醒した。ぼんやりと受け入れていた猫の発言が強烈な違和感となって脳を揺らす。

あれ……? 私なんで働いてるの? どうして猫の言うこと聞いてるんだっけ。ていうか、ここどこ。

「どうしたんだい、小娘ちゃん?」

猫が正面に座り、アンを見ていた。混乱してすぐに答えられなかった。

「死ぬって、どういうこと? ここはどこ……? 夢の中?」

「違う、図書迷宮だ。迷宮でニンゲンがケガをすれば肉体もダメージを負う。ここで死ねばベッドでスヤスヤお休み中の小娘ちゃんも息を引き取るわけだ」

「な……っ、そんな話聞いてない!」

「そりゃ言ってないからな」

猫はばかにしたように前脚で顔をこすった。

〝猫の言うことに耳を貸してはいけない〟

不意にセージの言葉が脳裏をよぎり、雷に打たれたような衝撃を受けた。

「籾さんが言ってたルールって、このこと!?」

夜は部屋から出るなと釘《くぎ》を刺したのも同じ理由からだろう。そうとも気づかず、ルールをふたつも破ってしまった。

「わ、私、帰る……」

「仕事中だ」

「ここから出してっ、二度と来ないから」

「いいや、オマエは働くんだ」

猫に睨まれた瞬間、左手に焼けつくような痛みが走った。アンは悲鳴をあげ、本を抱えてうずくまった。皮膚の下から焔《ほむら》が躍り、手の甲に蝶の形をした痣《あざ》が刻印される。

ぽっちゃりペルシャはいやらしい笑みを浮かべ、前脚の毛づくろいを続けた。

「契約は大昔に交わされた。オマエが生まれる遥か以前に」

「そんなの知らない！」

「なんだって」

「契約なんか知らないって言ったの！　私、司書にならない、家に帰して！」

猫はぴたりと肉球を舐《な》めるのをやめた。金の瞳がアンを見据える。

次の瞬間、猫の目玉が風船のように膨れ、ぎょろりと飛び出した。その体はみるみるうちに肥大化し、アンの背丈を超えた。

オレンジの毛は燃え盛る炎となり、口が裂け、無数の牙が伸びる。喉の奥から響くうなり声は命あるもののそれではなかった。まったく異質の、身の毛のよだつ音。

アンの全身から冷や汗が噴き出した。逃げなきゃ。そう思うのに体が動かない。

「契約をたがえる者は命をもって償え——」

低く、高く。千のガラスに爪を立てたような不快な音が空気を震わせる。燃え盛る化け猫の口がぱっくりと裂け、無数の牙がアンの首に触れた。

殺される——

そのとき、化け猫の耳が、ぴん、と跳ねた。

「……チッ、文字の匂いを嗅ぎつけたか」

カサカサと密《ひそ》やかな音が響いていた。

書棚に挟まれた通路の向こう、深い霧の奥からなにかが近づいてくる。

「小娘、本を持って走れ！」

化け猫が叫ぶのと同時に書棚の陰からそれが飛び出した。

長い触角に平たい頭。銀色の胴は異様に長く、無数の腹肢がわらわらと蠢《うごめ》く。

ダンゴムシ、ムカデ、フナムシ。似た生き物の姿を重ねるが、なにを目にしているのか理解できなかった。当然だ、アンの三倍も大きく、魚のようにうねりながら書棚を這う巨大昆虫なんて東京にはいない。

「逃げろ、本を守れ！」

化け猫は口の端から炎を噴きながら巨大昆虫に突進した。

アンは回れ右をして逃げた。直後、どん、と鈍い衝撃があたりを揺らし、霧が爆風のように広がった。

強い追い風によろめきながら懸命に走る。本が重い。腕が痺《しび》れて息が切れる。と、頭上から「ああ～っ」と情けない声が降ってきた。プシューッ、と空気の抜ける音を響かせて、化け猫が穴の空いた風船のように勢いよく飛んでいく。

「えっ、負けちゃった⁉」

弱い……！　あれほど凶暴な姿をして、信じられないほど見かけ倒しだ。しかし呆《あき》れている暇はなかった。通路正面の霧が爆《は》ぜ、濡《ぬ》れた金属のような巨体が行く手を阻む。

驚きすぎて悲鳴も出なかった。とっさに目についた横道に飛び込むが、巨大昆虫が追ってくる。

ついてくる！　どうしよう、どこに行けば⁉

注意が逸《そ》れた刹那、絨毯に足を取られた。あっ、と思ったときにはアンは勢いよく転倒していた。落下の衝撃で本が開き、文字がポップコーンのように弾《はじ》ける。

わー、きゃー、と悲鳴をあげて文字が逃げまどう。

「え……ええっ⁉」

文字が動いてる！　字って走るんだっけ⁉

あわてふためく間にも開いた本の隙間から文字がぴょんぴょん躍り、あちこちへ散らばった。逃げる文字を集めようとしたとき、いきなり巨大な顎が文字に食らいついた。

巨大昆虫は隊列を組んだ一節を顎でさらい、煽《あお》り文句《もんく》を鵜呑《うの》みにした。陽気な言葉は尾毛で叩き落とし、地に足のついたセリフは脚でぺしゃんこに。怪獣映画みたいだ。

アンは恐怖に震えながら本に手を伸ばした。巨大昆虫に気づかれないよう、息を殺して手元に本を引き寄せる。本を手にしてほっとしたとき、「うひゃー」と場違いな言葉がページの隙間から滑り落ちた。

巨大昆虫がぐるりと頭をめぐらせてアンを見た。

「あ……」

逃げる暇などなかった。銀色の体節が書棚をこすり、甲高い笑い声をたてる。巨大な虫が勝ち誇ったように鎌首をもたげた。わらわらと蠢く無数の脚が壁のように迫り、アンは激しい衝撃にのみこまれた。

耳元に風のうなりを聞いた。地面が消え、浮遊するような感覚がする。だがいつまで経っても痛みはやってこない。

なにかおかしい。おそるおそる瞼《まぶた》を開け、アンは驚きに目を瞠《みは》った。

きりりとした眉に澄んだ大きな瞳。端整な横顔が触れるほど近くにあった。見知らぬ少年がアンを抱きかかえ、書棚の遥か上空を飛んでいる。

「遅かった」

少年は悲しそうに呟き、虫から離れた通路に着地してアンを下ろした。

「この先の大扉まで走るんだ、そうすれば逃げられる」

高校生くらいだろうか。線が細く、うなじのあたりで切《き》り揃《そろ》えた黒髪がさらりと揺れる。女の子と間違えなかったのはネクタイを締めていたからだ。制服らしき薄いブルーのワイシャツにサスペンダーで黒のパンツを吊《つる》している。

「あの、ありがとう」

「いいから走って！」

少年の声に重なって通路の反対側から金切り声が轟《とどろ》いた。霧を裂いて巨大昆虫が突進してくる。その気迫にアンは慄《おのの》いた。

「む、むりだよ……絶対追いつかれる」

「大丈夫。君は必ず逃げきれる」

少年は自信に満ちた顔でほほえみ、絨毯の端を摑《つか》んだ。

ばさっと分厚い絨毯が波打ったかと思うと、少年と巨大昆虫が小さくなった。

あ、違う。

少年が小さくなったのではない。アンが絨毯の波にさらわれ、猛スピードで書棚から遠ざかっているのだ。絨毯は大海を渡る波のようにうねり、猛烈な速度で流れていく。

振り返ると青紫の花に彩られた大扉がある。

アンは波に弾かれ空中に投げ出されていた。落下するかと思われた瞬間、絨毯が美しい蝶の大群に変わり、扉の外へアンをさらった。

パタン、と青紫の花に彩られた扉が閉まるのを見た気がした。

2

朝は地獄だ。

午前七時半。爆発した頭を前にアンは溜息をついた。洗面台の鏡ほど残酷なインテリアはない。顔を洗いに来ただけなのに毎朝自分の欠点を突きつけてくる。

青白い顔と爆発した髪を眺め、また溜息がもれた。

「なんか、ひどい夢見た……」

猫。蝶。掃除。幽霊。巨大な虫。美少年——おかしな夢の断片が頭の内側で脈打っている。ぐっすり眠ったはずなのに、ひどく疲れていた。

アンはかぶりを振った。夢のことで頭を悩ませている場合ではない。

考えなければならないことは山ほどあった。見ず知らずの人の家に一泊させてもらったのだ、失礼のないようにしなければ。

気持ちを切り替えてブラシを取った。アンの髪は細く、くせっ毛だ。これをどうにかするには編み込むほかない。可愛いヘアアレンジができないのが長年の悩みだ。

「夢に出てきた子、きれいなストレートだったな」

ああいう黒髪さらさらストレートヘアに生まれたかったと嘆いても現実は変わらない。次第に目が覚めてきて気分がよくなった。時刻はまだ七時半。

「七時半？」

壁掛け時計は目が覚めたときも、いまも七時半だ。そもそも秒針が動いていない。スマホを確認すると午前十時四十分だった。

アンは小さく叫び、大急ぎで着替えをすませて部屋を飛び出した。

「ごめんなさい、寝坊しました！」

一階のダイニングにはリッカがいた。カーゴパンツにカットソーというカジュアルなスタイルだ。リッカは少年のように笑った。

「おはよう、長旅で疲れてたんだね。お腹《なか》すいてる？」

はい、とアンがはにかむと、リッカはキッチンに入った。

「すぐお昼だから簡単なものでいいかな。コーヒーと紅茶、どっちがいい？」

コーヒーをお願いすると、アンの好みに合わせて砂糖とミルクがたっぷり入ったカフェオレを作ってくれた。甘い香りにほっこりする。

マフィンをのせた皿をアンの前に置きながらリッカが言った。

「昨日お風呂に入りそびれたでしょ。シャワーならすぐ使えるから入っておいで」

「ありがとうございます」

「それからお父さんと連絡ついたよ」

「本当ですか！」

「スマホの電源入れ忘れてたみたい。午後ならいつでも電話してってさ」

安堵のあまり、へなへなと椅子の背もたれに体を預けた。

事故に遭ったんじゃないか。そんな嫌な想像がこびりついて頭から離れなかった。

「よかった、お父さん無事で……。リッカさん、ありがとうございます」

「なんもだよ。それでね、太一さんと話して思い出したんだけど、アンちゃんのお父さん、昔うちに泊まったんだわ。もう十七、八年前かな。太一さん俳優だったでしょ。撮影で札幌に来て、そりゃあいい男だって評判でね」

「父がいいのは顔だけです」

真顔で返すと、リッカはからからと笑った。

「アンちゃん面白いね！」

事実です、と内心で呟く。演技はそこそこ、見事に顔だけだったので厳しい芸能界で生き残れなかった。あのマイペースさでよく会社員に転職できたものだ。

しみじみ思いながらカップに口をつけたとき、テーブルの向こうをジンジャーオレンジのペルシャ猫が横切った。

口にふくんだカフェオレを噴きそうになった。

「熱かった？」

「いえ、猫が」とむせながら指差すと、リッカがそちらへ目を向けた。

「ああ、〈ワガハイ〉か」

「ワガハイ？」

「その子の名前だよ」

「昨日……ノトさんが黒い猫をキャリーバッグに入れてましたけど」

「〈長靴〉だね。うちは七匹いるから。――ほらおいで、君のごはんはあっち」

ナー、とダミ声で鳴いて、ペルシャ猫は尻尾を立ててリッカについていく。

あのぽっちゃりペルシャ……。

夢で散々な目に遭わされた気がするが、現実の猫を責めるなんてナンセンスだ。そう思う一方で、セージに告げられた奇妙な三つのルールが脳裏をよぎった。

〝猫の言うことに耳を貸してはいけない〟

「……籾さんが変なこと言うから、あんな夢を見たんだ」

忘れよう、と甘いカフェオレで嫌な記憶を流し込んだ。

「ハロー、アンちゃん。札幌どう？　楽しい？」

昼食後、太一に連絡すると能天気な声が響いた。

アンはうめき、スマホに怒りをぶつけた。

「ハローじゃない！　なんでホームステイの話が伝わってないの、ひどい！　ノトさんたちにも失礼だよ、いきなり私が来てどれだけ迷惑かけたと思ってる⁉」

「ごめんごめん、連絡がうまくいかなかったみたいで。アンにも悪いことしたね。でももう大丈夫、籾さんと直接話したよ。二週間、泊まっていいって！」

また勝手に話が進んでる。胸にざらりとしたものが広がった。

「ね、籾さんも能登さんもいい人だろ？　お父さんのほうは快適だよ、めちゃくちゃ暑いけど。千冬さんもよろしくって。アンちゃんを一人にしてよかったのか、すごく心配してたよ。アンなら大丈夫だよね？　お土産いっぱい買って帰るから、アンも目いっぱい札幌を楽しんで。お父さんもそのほうが安心だよ！」

楽しそうに弾む父の声に、唇が震えた。

いきなり見ず知らずの家に追いやって。音信不通になって。どんなに心細かったか。どれだけ心配したか。やっと連絡がついたと思えば、これ？

目頭が熱くなり、アンは声を荒らげた。

「もうお父さんなんか知らない!!　どうぞお母さんと楽しくお過ごしください！」

ぶつっと終話ボタンを叩き、スマホの電源を落とした。

やりどころのない感情が腹の中で渦巻いている。むかむかするのに泣きたくて、言いたいことがあるのに言葉にできない。

アンは無意識に耳をつねっていた。痛いほど、きつく。

友だちも知り合いもいない。知らない土地で人相の悪い主《あるじ》の家に二週間。

「…………長すぎ」

こんな悪夢みたいな夏休み、想像もしなかった。


「本当にいいの？　遠慮しないで、動物園でも白い恋人パークでも車ですぐよ？」

午後。ダイニングでリッカが観光に誘ってくれたが、アンは固辞した。

「ありがとうございます。でも観光よりお手伝いがしたいんです」

無償で寝泊まりさせてもらう上に、遊びに出かけるなんて考えられない。大人に夏休みはないのだ。週末を台無しにした埋め合わせがしたかった。

「お掃除でも買い物でもなんでもやります。リッカさんはお茶飲んでてください！」

アンが息巻くと、リッカは快活に笑った。

「じゃあ、お願いしようかな。アンちゃん、スマホは部屋に置いてきて。これから行くところはネットに繋がるものは持ち込めないんだ」

太一と電話した影響か、リッカはアンを名前で呼ぶようになっている。くすぐったいものを感じながら、言われたとおりにした。

二階からダイニングに戻ると、リッカは玄関ではなくキッチンへ進んだ。

「外じゃないんですか？」

「外からも行けるんだけどね」

なんだか意味深だ。リッカに続いてキッチンの奥に進み、アンはきょとんとした。廊下は衣服やコートのかかったハンガーラックに占拠され、クローゼットの中みたいだ。

つい最近、ここを通った気がする。

「ごめんね、電気壊れてるの。暗いから足元気をつけて」

洋服の脇をすり抜けて薄暗い廊下を進む。がちゃ、とドアノブを回す音が響き、光が射《さ》した。ドア口をくぐり、アンは呆気《あっけ》に取られた。

キッチンの先は、宮殿だった。

白亜の廊下に深紅の絨毯がまっすぐ延びている。天井はアーチ状の仕切りに支えられ、窓から射す白い光に卵形のペンダントライトがきらきらと煌《きら》めいている。

　何度まばたきしても目の前の風景はなくならない。

「びっくりした？」

　笑いかけられたが声が出ない。無言のまま、こくこくと何度もうなずいた。

「アンちゃん、昨日は雑木林から来たでしょ。あっちは勝手口。ごはん食べたところが生活の場所で、うちの本当の入り口はあっち」

　ハスキーな声が天井に抜け、廊下に響き渡る。教会か小さなコンサートホールみたいだ。リッカに「おいで」と呼びかけられ、一も二もなく従った。

　左右に大扉が並び、突き当たりには半円形の大窓がある。廊下の中ほどにさしかかったとき、右手に巨大な階段が現れた。

　末広がりの階段は廊下と同じ深紅の絨毯が敷きつめられていた。優美な形のそれは踊り場を挟んで左右に分岐し、二階へと続いている。

　いまにもお姫様が下りてきそうな風情にアンは目を輝かせた。

「すごい、お城みたい」

「あはは、お城は大げさ。古いお屋敷だね」

「だけど不思議です、どうしてキッチンの先に別の建物が？」

「同じ建物だよ。館の一部を改装して新しい住居にしたんだ。この建物が建てられたのは百年以上昔」

「百年以上！」

古そうだと思ったが、そんなに歴史があるとは驚きだ。

アンの反応にリッカはおかしそうに目を細めた。

「お雇い外国人ってわかる？　北海道がまだほとんど原野だった頃、開拓のために海外から専門家とか先生が呼ばれたんだ。セージ君の何代も前のおじいさんもそうやって日本に来て、このお屋敷を建てたんだよ」

「じゃあ籾さんのご先祖様は外国の人なんですか？」

「そうだよ」

アンは感嘆の息をもらした。文明開化や北海道開拓のことは中学で習ったが、どこか遠い世界の出来事のように思っていた。自分のいる場所が教科書に書かれた歴史と地続きなのだと初めて実感が湧いた。

「開拓使の人たちは北海道に新しい文化の種を蒔《ま》いたんだ。私たちはいまもその仕事を引き継いでるのさ。なんの仕事かはそこのドアを開けるとわかるよ」

「見てもいいんですか？」

リッカは笑顔でアンを近くの扉の前へ通した。

焦げ茶色の扉は見上げるほど大きい。よく見れば大きいのはドア枠だ。厚い内壁に合わせて木製の枠が設《しつら》えられ、欄間とドアが収まっている。

わくわくしながら真鍮《しんちゅう》のドアノブに触れる。隙間から室内が見えた瞬間、アンは呼吸を忘れた。

ああ……そう、だった。

黒褐色のオーク材の本棚が整然と並ぶ。インクと紙。たくさんの本が集まって生まれる、独特の香り。

「驚いた？　ここは日本最北の私立図書館。正式には〈モミの木文庫〉って言うんだけど、近所の人は図書屋敷って呼ぶね。ここが洋風のお屋敷だから」

図書屋敷。猫も同じこと言ってた……でもあれはただの夢で、本当のはずない。

考えを打ち消そうとして、アンは声をあげそうになった。

〝みはらどの。やくそくをはたされよ、としよやしきにまいられたし。〟

「リ、リッカさん！　父に届いたメールにも〝図書屋敷〟って……！」

「ああ、本の返却期限を過ぎた利用者に送るメールね。だけどあの最後の一文はなんだろうね。セージ君は送ってないって言うけど、送信履歴は残ってるんだよ」

「他の籾さんが送ったんじゃないですか？　きょうだいとか、ご両親とか」

「ううん、籾さんはセージ君だけ。両親は亡くなって親族もいないよ」

「そうなんですか……」

「能登と私はここの従業員で住み込みで働いてるんだ。セージ君が生まれた頃からいるから、親戚みたいなもんだね」

だからセージとノト夫妻は苗字が違うのだ。

ひとつ疑問は解けたが、すっきりした気分にはならなかった。メールを出したのは誰か。どうして夢で見た場所が現実にあるのか。あれは本当に夢だったのか……。

「見てのとおり図書館は開店休業中。私たちも平日は他で仕事して、休みの日にここの手入れをしてるんだ。さて、掃除しようかね。アンちゃん、手伝いよろしくね」

館内の掃除――展開こそ夢と同じだが、内容は異なっていた。

部屋中の窓を開け、棚の本をキャスター付きのワゴンに移す。窓辺のテーブルに本を一冊ずつ開いて並べて空気にさらした。虫干しである。

「今年は雨が多くて。湿気がこもってるのが気になってたんだ」

北海道に梅雨はないが、近年は雨が増え〝蝦夷梅雨《えぞつゆ》〟なんて言葉が聞かれるようになったという。まぶしい夏日に爽やかな風に吹かれていては想像もつかないが、何万冊と所蔵する〈モミの木文庫〉では頭痛の種のようだ。

「こうしておくとカビを防ぐだけじゃなくて、紙を食べる虫を退治できるんだよ」

「そんな虫いるんですか？」

「いるいる、チャタテムシとかシミね。シミはびっくりするよ。胴体が長くて速いの。

不気味よー」

　夢で見た巨大昆虫のことをぼんやりと思い出し、顔が引《ひ》き攣《つ》った。

「できれば出くわしたくないですね」

「アンちゃん虫苦手？　うっかり出くわすのは台所のほうかな。シミは小麦粉も好きだからクッキーとかパスタの容器のそばでチョロッとね」

　うっ、そっちのほうが嫌かも……。

　複雑な表情を浮かべるアンを後目《しりめ》に、リッカはてきぱきと本を風にさらした。

「アンちゃんが手伝ってくれて大助かりだわ。でも退屈じゃない？　ここ、ネットに繫がるもの持ち込めないから。最近の子はみんなスマホでしょ。ゲームしたり友だちと連絡取ったり。近所でも五分も手放せない子多いよ」

「私は……そうでもないですね」

　愛想笑いしたが嘘ではなかった。動画やＳＮＳのチェックは欠かせないが、まめに連絡を取る友人はいない。太一は放置でいいし、注意がいるのはクラスのグループＳＮＳくらいだ。むしろ通知音を聞かなくていいこの環境に安心している自分がいる。

「はあー、東京の子は一秒だってスマホ手放せないと思ってた」

　そんな話をしながら本を風に当てていたとき、本の白黒の紙面に鮮やかな青紫の花が見えた。ぎょっとして手を止め、ページを戻す。

表紙の裏——見返しと呼ばれる部分に小さな絵が貼られている。ただの絵ではない。ラベンダーに似た青紫の花に、白い蝶がとまった構図だ。

ひっ、と喉から引き攣った声がもれると、リッカが顔を上げた。

「虫いた?」

「あ、あのリッカさんこれ。この絵、なんですか!」

リッカはアンが手にした本を覗き込み、少年のように白い歯をこぼした。

「エクスリブリス」

「エクス……?」

リッカが「エクスリブリス」と魔法の呪文のような言葉をゆっくりと繰り返す。

「本の所有者の印だよ。蔵書票とか書票って呼ばれるものだね。これはセージ君の蔵書票。ほら、ここにセージ君の名前と『Exlibris』って書いてある」

「絵に意味はあるんですか?」

「決まりはないね。この蔵書票の花はコモンセージっていうハーブ。セージ君の名前と一緒で覚えやすいでしょ」

話は途中から耳に入らなくなった。どくどくと脈動が激しく鼓膜を打つ。

花も蝶も夢と同じ……でもそんな、偶然だ、あんなのただの夢で現実のわけない。

自分に言い聞かせるが、夢を写し取ったかのような絵を前に不安は大きくなるばかりだ。それに、もし。もしも、あれが夢じゃなかったら。

「ここでしたか、能登さん」

不意の声はドアのところからだった。スーツの男性がいる。

丸めた模造紙と鞄《かばん》を提げた狐《きつね》目の青年はアンを見て顔をしかめた。

「誰です、その子？」

「利用者だよ」

リッカは男性の視線を遮るようにアンの前に立ち、顔だけアンのほうへ傾けた。

「休憩しようか。本を読んで待ってて。退屈だったら部屋に帰っていいから」

そう明るく言って廊下に出ると、後ろ手にドアを閉めた。

ぼそぼそと話し声が響く。閉め方が甘かったのか、扉は数センチほど開いていた。

戸口の隙間から見えた光景にアンは少なからず衝撃を受けた。リッカから笑顔が消え、恐い顔をしている。さらに衝撃的なのは狐目の男性の威圧的な態度だった。

「そんな段階とっくに過ぎてますよ。立《た》ち退《の》きも視野に入れていただかないと」

アンは扉から顔をそむけた。聞いてはいけない話だと思った。少なくともドアを閉めたリッカは聞いてほしくないはずだ。

なにかあったのかな……立ち退きって、なんだろう。

考えながら虫干しの作業台へ戻る途中、通路の床に本があるのが目にとまった。

本棚から落ちたのだろう、三段目に一冊分の隙間がある。

風もないのに、変なの。不思議に思いながら本を拾ったとたん、ページが外れて、ばらばらと紙が散乱した。

「うそ⁉　壊しちゃった！」

アンは散らばった紙を集めようとして凍りついた。

紙は穴だらけだった。

無数の穴が連なり、食い破られた跡が筋になっている。虫食いだ。それも一枚や二枚ではない。床に散らばったすべてのページが同じ有り様だ。

冷たいものが背筋を伝う。本の表紙は二匹の蛇が互いの尾を噛んで輪を作っていた。

その中央にタイトルがある。

『はてしない物語』。夢の中で落とした本だった。

3

アンは呼吸を忘れ、手にした本に見入った。

夢の中で虫に食べられた本が実在し、夢のとおり文字を失って壊れている。

ただの偶然。気のせい。そうやって目を逸らしてきた奇妙な符合が、疑いようのない現実となって目の前に存在している。

夢じゃない。全部本当、なにもかも現実だ。

理解した瞬間、膝が震え出し、臓腑《ぞうふ》がひっくり返るような感覚に襲われた。

「どうしよう……！」

なにかが起きている。ありえない、常識を超えたことが。

しかし助けを求めることはできない。夢の中で猫に働かされて巨大な虫に食べられそうになったと話して、誰が信じるだろう。

夜になればあの世界に連れ戻される。契約を破れば化け猫に殺され、従ったところで虫の怪物に襲われる。夢で命を落とせば現実でも死ぬというのに。

「どうしよう、どうしたら――」

助けを求めて周囲を見回したとき、本棚に目がとまった。

「そうし……そうだ、そうし！」

青紫の花が咲き乱れる大扉の前でのことだ。なぜ蝶で扉が開くのか尋ねると、猫は荘子だと答え、胡蝶の夢も知らないのかと呆れた。きっと『胡蝶の夢』という話にあの世界の秘密があるに違いない。

対策を見つけられるかもしれない。そう思うと一秒もじっとしていられなかった。手元にスマホはないが、これだけ本があるなら荘子について書かれた書籍があるはずだ。

アンは部屋の隅に据えられたPCへ向かった。

館内検索システムだ。オフラインだが著者や書名から蔵書の配架場所を調べられる。

荘子に関する本は隣の図書室にあった。部屋を結ぶ内ドアを抜け、本棚を探す。

荘子、荘子、と心の中で唱えながら背表紙を目で追った。

「なにをしている」

いきなり背後から低い声が響き、アンは飛び上がりそうになった。

いつの間にかセージがいた。見上げるほど高い位置から、きつい三白眼がアンを見下ろす。びっくりして答えられずにいると、青年が眼差しを鋭くした。

「本を探しているのか」

「そうしっ」

しゃっくりのように言葉が飛び出し、アンは慌てて言い直した。

「荘子の本、探してました、どんなのか知りたくて、その、中国の人、胡蝶の夢ってオリジナルの文章、原文が、どういうのか読みたいな、なんて……」

眼光に気圧《けお》され、しどろもどろになっていく。なんだか怒られている気分がした。

セージはいつも不機嫌だ。言葉少なで、にこりともしない。

居心地が悪くなったとき、青年が二つ隣の本棚に消えた。一分とかからず戻ってくると無言で文庫本を差し出す。

『荘子《そうじ》』と書かれた表紙を見てアンは目を瞠った。探してきてくれたのだ。

「あ……りがとうございます」

もしかして籾さんって、いい人？　夢のこと相談してみようかな。

わずかに希望を抱いたとき、セージがぼそりと言った。

「早く帰れ、子どもがいるような場所じゃない」

顔の筋肉が固まるのが自分でもわかった。

図書館って誰でも使えるのでは？　むしろ子どものほうがいていいんじゃない!?

などと面と向かって言い返せるはずもなく、アンは固まった表情のまま図書室を出て行く青年を見送った。ドアが閉まった瞬間、いーっと歯を剝《む》く。

私だって東京に帰りたい、できるならとっくにそうしてる！

冷静に考えればセージが相談にのってくれるはずがないのだ。おかしなルールで禁じるばかりで、肝心なことはなにも教えてくれなかったではないか。

アンはぷりぷりしながら文庫本を開き、束の間《つかのま》、怒りを忘れた。

紙はびっしりと文字で埋まっていた。習っていない漢字と大量のふりがなでページが黒ずんで見える。スマホみたいに拡大できればまだしも、紙ではむりだ。

もう一度表紙を確認すると、内容を反映したかのような渋い装丁だった。

『荘子　第一冊　内篇《ないへん》』

白黒を反転させた漢文の写真に表題のみという、潔いまでのシンプルさだ。

「第一冊ってことは、何冊もあるのかな」

冒頭の解説に目を通すと〝道家思想《どうかしそう》〟〝因循主義《いんじゅんしゅぎ》〟〝万物斉同《ばんぶつせいどう》〟と当然のように専門用語が並び、目が滑る。読めば読むほどアンの眉間のしわは深くなった。

焦りは禁物だ。古典の授業でも一編読むのに何時間もかけるではないか。

有名な作品なら解説書があるはずだ。

セージが本を持ってきた本棚を覗くと、岩波文庫《いわなみぶんこ》の『荘子』は全四巻だった。荘子に関する書籍は豊富にあり、読みやすそうなものを選んで近くの六人掛けテーブルに運んだ。本を山積みにして、じっくり時間をかけて読む。

三十分後。アンは机に潰れた。

「全然わかんない……」

孟子《もうし》、孔子《こうし》、老子《ろうし》、列子《れっし》。似たような名が当然のように現れ、混乱する。さらに無為《むい》自然《しぜん》、道《どう》、物化《ぶっか》、と意味がわからない用語のオンパレードだ。理解できないものを読んで面白いはずもなく、退屈で眠くなってきた。

セージはこうなるとわかっていたのだ。どうせ君には理解できない、ふさわしくない。だから帰れと言ったのだろう。

机に頬をつけたまま書籍の山を見上げる。

あの悪夢みたいな異界から逃れる方法。せめて身を守りたいのに、うまくいかない。

「なんなの、司書見習いになれって」

本一冊まともに読めない人間が司書になれるわけがない。それなのに拒否すれば契約を破ったと見なされ、化け猫に襲われる。

「私なんかにできるはずないいんだ」

どっと疲れを感じ、眠気に任せて目を閉じた。

強面のセージに睨まれながら残り二週間。長すぎるホームステイをどう過ごしていいかもわからないのに、おかしな世界で命懸けで働くなんて。

絶対むり。だいたい、どうして私がやらなくちゃいけないの。私関係ない、自分のことでいっぱいいっぱいなんだから。こっちが助けてほしいくらいなのに他のことなんか知らない。


――――起きて。


どこからともなく声が降る。

起きて、ねえ――

「寝ちゃだめだ」

どきっとして目を見開くと、目の前に端整な顔があった。さらりと揺れるきれいな黒髪と澄んだ美しい瞳。

なんで夢で会った男の子が？　疑問に思ったとき、霧の漂う室内が目に飛び込んできた。机に積んだ本は石に変わり、形のくずれた幽霊が徘徊《はいかい》している。

アンはぎょっとして机から跳ね起きた。

「図書迷宮⁉　えっ、なんで」

「うたた寝したね」

だめだよ、と叱る少年の表情は優しかった。

「普通の人はなんともないけど、君は契約の影響で図書室で眠ると迷宮に入っちゃうんだ。絶対にここで寝てはだめ。眠ってるときになにかあったら大変だよ」

巨大昆虫を思い出し、背筋が寒くなった。

「ここで死ぬと現実でも死ぬって聞いたんだけど……本当？」

男の子はうなずいた。わかりきった答えだが、事実が重くのしかかる。

少年は端整な顔を歪《ゆが》め、悲しそうに呟いた。

「ごめん、力が及ばなくて。やっぱり悪魔にたぶらかされた」

「悪魔？　ぽっちゃり猫の、ワガハイのこと？」

「うん。あいつは図書迷宮の悪魔。猫に取《と》り憑《つ》いてるんだ。化け猫の姿は風船みたいに体を膨らませただけで害はないよ。でも悪魔との約束は本物だ。気をつけて」

そんな話をするうちにアンはいくらか落ち着きを取り戻した。

「助けてくれてありがとう。いまも、昨日も」

「ううん、ぼくはなにも。君、名前は？」

「美原アン。あなたは本の妖精かなにか？」

「ぼくは…………伊勢《いせ》もみじ」

「えっ？　伊勢もみじって、あの？」

「知ってるの？」

「『恋雨《こいさめ》とヨル』書いた人だよね。ベストセラーで、映画にもなった」

　アンが小学生の頃、大変な話題を呼んだ青春小説だ。『恋《こい》ヨル』の通称で親しまれ、その名前を見ない日はないくらい連日メディアで取り上げられていた。

「そっか、あの小説書いたの高校生だっけ」

「名前のせいで女子高校生だと勘違いされてるけどね」

　少年は形のよい眉を顰《ひそ》め、困ったように笑った。うなじのあたりで切りそろえた髪がさらさらと揺れる。なんとも絵になる姿に思わず見惚《みと》れた。

「すごいなあ、伊勢君」

「もみじでいいよ」

　こんなにカッコよくて優しくてフレンドリー。しかもベストセラー小説まで書けちゃうなんて……あっ、だけど迷宮だから人間じゃないんだっけ。

『恋雨とヨル』が話題になったのは何年も前だ。現実の伊勢もみじはとっくに成人している。このもみじは猫が〈著者〉と呼ぶ存在だろう。

本人とは別もの、と認識を改めたが、そわそわした気持ちは治まらなかった。

現役高校生が日本中を虜《とりこ》にした小説を書いたのは事実だ。誰もがもみじの才能に驚き、心を動かされた。その伊勢もみじの分身が目の前にいる。

可憐《かれん》で心優しいベストセラー作家。それも私と年が同じくらいなのに。

「……本当にすごいね、もみじ君は。私なんか賞なんて取ったことないし、猫に脅されて働かされてるところだよ」

比べてもしかたがない。頭ではわかっている。

しかし自分の嫌な部分が目について、いじけた気持ちが膨らんだ。

「なんでもっとよく考えて行動できないんだろ。ホームステイだって嫌って言えばよかった。千冬さんに相談したらこんなことにならなかったかな。自分じゃなにも決められないのに意地っ張りで、間違えてばっかり。もみじ君みたいにすごい才能も特技もないし、頭もよくないし、髪はもしゃもしゃだし」

自信がなくて、いつも空気を読んで。かといって主張があるわけでもない。自分の考えがないから他人の意見ばかり聞いてしまうのだ。

自分のことは嫌いではない。でも、同じくらい好きじゃなかった。

「――ある日、男は蝶になった夢を見た」

ふと、もみじが言った。

アンが顔を上げると、少年の手には白い蝶が戯れていた。

「蝶はひらひらと花を渡る。自分が人間だなんて頭になかった。ただ楽しくて、心ゆくまで飛んだ。自分は蝶だ、蝶そのものだ――はっと目を覚ますと、男はまぎれもなく人間だった。自分は蝶になった夢を見たのだろうか。それとも本当は蝶で、人間になった夢を見ているのだろうか？」

夢と現《うつつ》。答えのない謎かけのような物語だ。

白い蝶がアンの頬をくすぐり、霧に溶けていく。

「不思議……それに、きれいな話だね」

「『荘子』の斉物論《せいぶつろん》、胡蝶の夢だよ」

「胡蝶の夢？」

「机の上に荘子が積んであるから。もしかして興味あるのかなって」

アンははっとした。本はどれも石に変わっていたがタイトルは確認できる。

「いまの蝶の話、ずっと探してたんだ。でも……途中で寝ちゃった」

「すごいね、アンは興味を持ったらすぐに調べられるんだ」

「全然すごくない、一言も理解できなかったんだよ？　荘子ってなんなの？」

もみじは目を丸くして髪をかきあげた。

「難しい質問だなあ！　荘子は関連書籍が多くて混乱するよね。ただでさえ難しいのに前後の思想家とか専門用語が平気で出てきてさ、嫌になるよ」

「もみじ君も？」

「日本語でお願いしますって言いたくなる」

口をへの字に結ぶのを見てアンは少し嬉しくなった。

天才高校生作家も私とおんなじなんだ。

荘子かあ、ともみじは顎に指をあて、少し考えてから口を開いた。

「簡単なところから説明すると、荘子の〝子〟は尊称だよ。〝先生〟みたいな感じかな。だから荘子は荘《そう》先生っていう意味」

「あっ、それで老子も孔子も、みんな〝子〟？」

もみじはうなずき、アンの隣に腰を下ろした。

4

「荘子は苗字が荘で、名前が周《しゅう》。紀元前三百年頃——いまから二千三百年くらい前に活躍した人で、宋《そう》って国に生まれたんだ」

もみじの解説はそんなふうに始まった。

当時の中国は五百年に亘《わた》る戦乱の時代の後期にあたり、百数十あった国は二十ヶ国ほどに淘汰《とうた》されていた。国が滅べば法も正義もない。秩序や序列は容易《たやす》く入れ替わり、混迷の時代を勝ち抜くため、強い国の礎となる新たな理念や考え方が必要とされた。

そこで活躍したのが思想家である。為政者を育てることや、人間の本質を定義して規範を示すことで兵の育成や政治の運営にと広く登用された。学者や思想家は国や諸侯に仕える官僚としての側面を持ち、どの国も優れた人材をほしがった。

だが荘子は一風変わっている。

「諸侯が使者を送っても荘周は首を縦に振らなかった。政治や権力に関心がなかったんだ。荘周は社会の枠組みに囚《とら》われず、この世界をどう生きるかを考えた。なにものにも縛られない、絶対的な自由へのすすめが詰まった本が『荘子』だよ。ちなみに『荘子』がこの形になったのは二、三世紀。荘周が亡くなって六百年くらい経った頃かな」

「六百……⁉」

いきなり百年単位で語られ、アンはびっくりした。

「うん、大勢が荘周の考えを書いて伝えたから、注釈や資料が足されていろんなパターンができたんだ。それを西晋《せいしん》の思想家、郭象《かくしょう》という人が整理して三十三篇《ぺん》に定めた。ぼくたちが手にできる『荘子』のほとんどがこれを定本にしてるんだよ」

二千三百年前に生きた人の考えを、千七百年前の人が尽力して後世に伝える。なんと壮大な話だろう。

呆気に取られるアンにもみじは解説を続けた。

「『荘子』は大きく三部構成。内篇七篇、外篇《がいへん》十五篇、雑篇《ざっぺん》十一篇だね」

とくに重要視されるのは内篇だという。外篇と雑篇は弟子や学者がまとめた文章が盛り込まれているのに対し、内篇は荘子の言葉が凝縮されているからだ。しかし外篇と雑篇もないがしろにできない。どれも同じくらい古い時代の情報が含まれているのだ。

「そっか。だからセージさんはこの本を」

アンは石になった文庫本を見た。表紙には『荘子　第一冊　内篇』とある。

セージは明確な意図を持って全四巻の中からこの一冊を選んでいたのだ。

「金谷《かなや》治《おさむ》の訳注、岩波文庫だね。原文に書き下し文、現代語訳のついた名作だ」

「やっぱりいい本なんだ……」

もみじは長い睫毛《まつげ》をぱちぱちさせた。

「ほかの『荘子』もいい本だよ？　中公《ちゅうこう》クラシックスは原文がついてないけど森三樹《もりみき》三郎《さぶろう》の現代語訳が親しみやすくて注が丁寧。朝日新聞社の『中国古典選』シリーズや講《こう》談社《だんしゃ》学術文庫版の福永光司《ふくながみつじ》訳も面白いよ。〝福永荘子〟っていわれるくらい荘子と福永さんが溶け合ってて、すごく読ませる文章なんだ。他にも時代背景や注釈が充実したのとか、老子と合わせて解説した老荘《ろうそう》思想の本もある。『荘子』はいろんな人が訳して解説してるから、読む目的とか好みで選ぶといいよ」

「ちょっと待って。もみじ君……まさか机にある荘子の本、全部読んでる？」

「え？　うん、図書館にあるのは」

軽く返ってきた答えにめまいがした。図書室には荘子関連の本が十数冊はあった。気に入った一冊を読み直すならまだしも、全部読むなんてどうかしてる。

呆れが表情に出ていたのだろう、もみじが慌てた。

「だ、だって気にならない？　似た名前の本がいくつもあるんだよ？　なにが違うのかなって。ケーキ屋さんでショートケーキとイチゴのロールケーキとイチゴのフロマージュが並んでたら、全部食べたいって思うよね？」

なんてかわいい例を。笑いそうになったが、少年が懸命な眼差しをしていることに気づき、アンは神妙にうなずいてみせた。

「ちょっとわかる。私はチーズケーキで迷う」

もみじはほっとした様子で肩の力を抜いた。

「岩波文庫、面白かった？」

「う、うーん、胡蝶の夢の原文が読みたいって言ったら、この本が出てきて」

「そうか、荘子は初めてだっけ。それなら中公クラシックスのほうが読みやすいかも」

「でも書いてある内容は一緒でしょ？　どの本でも同じじゃない？」

「……ベイクドチーズケーキとニューヨークチーズケーキは別物だよね？」

真剣な眼差しに気圧される。こくこくとうなずくと、少年は笑顔に戻った。

「翻訳はケーキと同じだよ。材料が一緒でも調理の仕方で変わる。岩波文庫版のいいところはコンパクトで見渡しがきくところ。ほら、こんなに薄くて小さいよ」

荘子の書籍は大判で分厚いものがほとんどだ。それに比べて岩波文庫版は非常に薄く、ポケットに収まるサイズだ。

「私はもうちょっと解説がある本のほうがいいのかも。少し読んだけど、因循主義とか万物斉同とか……話も飛んでて、さっぱりわからなかった」

原文が読みたいとセージに大口を叩いたが、やはり『荘子』は難解だ。

「中国の思想って漢字でつまずくよね。読めそうで読めないし、読めても難解だし。ただでさえ哲学とか倫理は抽象的で頭に入ってこないのにさ」

もみじはしみじみと呟き、「でもね」と内緒話をするように言葉を継いだ。

「荘子のすごいところは、そんな難しい思想を寓話《ぐうわ》にできるセンスなんだ。『不思議《ふしぎ》の国《くに》のアリス』みたいな、おかしくて不思議な話をたくさん残してるよ」

「不思議の国のアリス？」

急によく知る作品名が出てきてアンは興味を引かれた。

「胡蝶の夢の話がいい例だね。この話は荘子の思想の根幹となる〝万物斉同〟を端的に表した名文だけど、蝶と夢って単語だけでワクワクしない？」

万物斉同。アンが理解できなかった用語のひとつだ。

警戒気味に「それ、なに」と尋ねると、答えは一言で返ってきた。

「万物は斉《ひと》しく同じってこと」

「へー、ひとしく同じ。……ごめん、全然わかんない」

「じゃあ、こんな話はどうかな。――昔、狙《そ》公《こう》……猿回しの親方がいた。あるとき親方はエサのドングリの数を減らすことにした。〝朝は三つ、夜は四つではどうか〟と猿たちに持ちかけると、猿たちは怒った。〝じゃあ朝は四つ、夜は三つにしよう〟と親方が提案すると、猿たちはみんな喜んだ」

アンはうなずきかけ、顔をしかめた。

「ドングリの数、どっちも七個じゃない？」

「そうなんだ、朝は三つから四つに増えてお得に聞こえるけど、夜が減ってるから一日のトータル数は変わらない。他にもこんな話があるよ。毛嫱《もうしょう》はとびきり美しい姫で、麗《り》姫《き》という人も誰もが認める絶世の美女だけど、魚はふたりを見ると水底《みなそこ》深く潜り、鳥は空高く飛んで、鹿は飛び上がって逃げ出した」

「フフ、なにそれ」

「面白いよね。どっちも『荘子』の斉物論に出てくる説話。ドングリの数は合計が同じなのに、猿は目先の利益に囚われて喜んだり悲しんだりしてる。美姫《びき》は人間にとって美しくても、動物から見れば美しさなんて感じない。猿の話も美女の話も、ある一方向から見たときにそう見えるだけなんだ」

アンははっとした。関連のない二つの説話には同じテーマが隠れている。

「絶対的な価値なんて存在しない。いいとか悪いとか、長短も大小も、一方から眺めたときにそう見えるだけ。相対的な価値を絶対化するから、ぼくたちは苦しくなる」

「苦しく？」

「こう思うことない？　自分は頭がよくない。きれいじゃない。背が高くない。つまらない性格だ……狙公の猿と同じだよ。目先のことで怒ったり泣いたりしてる。誰かの見せかけの価値観に振り回されて、人を嫉《ねた》んだり、見栄《みえ》を張ったり」

言葉がぐさりと刺さった。

アンの心には似た感情がいくつもくすぶっていた。

私には特技も才能もない。自分で考えて行動できない。気が利かない。可愛くない、くせっ毛よりさらさらストレートがいい――でも、本当にそうだろうか？

そう決めたのは誰だろう。誰の価値観で自分を見ているのだろう。

「この世界には善悪も美醜も貴賤《きせん》も、本来はなんの区別もないんだ。それは一方から見ただけのことだから。人は賢いつもりで物事を仕分けて、価値の差別をするけど、本当はあらゆるものが同一なんだ。これを〝万物斉同〟という」

言葉が、すとん、と腑に落ちた。アンは驚いてもみじを見た。

「すごい……難しくて一言もわからなかったのに、もみじ君の話はわかる！」

「すごいのは荘子。こんなに難しい概念を、猿とか美人とか身近なものにたとえて誰も親しめる寓話にできちゃうんだ。胡蝶の夢も同じだよ」

荘周が蝶になった夢を見たのか、蝶が荘周になった夢を見たのか。人間と蝶ではたしかに姿形が違う。しかしどちらも〝自分〟だ。

人と蝶。夢と現実。生と死だって厳密には区切れない。この区別に囚われることで差別や苦しみが生まれる、ともみじは解説した。

アンは頭の中で話を反芻《はんすう》した。

「もしかして、さっきと同じ考え方？　見た目とか、一方向から物事を判断しようとするから、いじけちゃうけど……本当はみんな同じの……万物、斉同？」

「そう！　だから荘子はこう結んだんだ。差異や区別なんてこまかいことに惑わされず、ありのまま生きればいい。蝶なら自由に花を渡り、人なら人としての生をまっとうする。どちらが夢で現実だろうと、自分であることに変わりないんだから」

話を締めくくるのを聞いてもアンはすぐに言葉を返せなかった。

すごい。蝶と夢をめぐるきれいな話にこんな深い思想が込められてたなんて。

表面的に楽しんでいた自分が恥ずかしい。

「もみじ君は頭がいいね。荘子の考えをちゃんと読み解けてる」

心の底から賛辞したつもりが、端整な顔立ちの少年は首を傾《かし》げた。

「どうかなあ。荘子の思想を知るには道や逍遥遊《しょうようゆう》は外せないし、時代背景や諸子百家《しょしひゃっか》に連なる流れも無視できないけど。そもそも荘子は頭でっかちに思想を理解してほしいと思ってない気もするんだ」

「どういうこと？」

「だって夢と胡蝶だよ？　学術書や教本じゃなくて、こんなにすてきな寓話を残したんだ。きっと荘子は話を聞いた人が〝不思議だな〟とか〝現実ってなんだろう〟って感じる驚きや衝撃を大切にしたんじゃないかな。胡蝶の夢を素直に受け止められるアンの感性のほうが、ずっとすてきだ」

アンは虚を衝《つ》かれた。

そっか……楽しんでいいんだ。

哲学は難しい。古典は高尚だ。本を読むとき、そんな思いが先に立ち、身構えていた。

たしかに『荘子』は難解だ。だが読書をつまらなくしたのは身構えて生まれた苦手意識のせいかもしれない。

もみじはなんと自由に、広い視野で読書を楽しんでいるのだろう。

「私、大昔の思想家がなにを思って寓話を残したかなんて考えもしなかった。すごいなあ。もみじ君も、二千三百年前にこんなこと考えた荘子も」

そのとき、もみじがアンの手に触れた。

驚いて顔を向けると、端整な顔立ちがすぐそばにあった。星空を映したかのような美しい瞳に自分しか映っていないことに気づき、アンはうろたえた。

「も、もみじ君……？」

もみじはじっとアンを見つめ、真剣な顔で告げた。

「そうなんだ。本って、ものすごいんだ」

「へ？」

「二千三百年前の言葉が現代に届くんだよ？　荘子がいるだけじゃだめだ、共感して伝えた人がいて、郭象がいて研究者や翻訳者がいて、ぼくとアンに届いた。大勢の人が紡いで繋いで、世界中の人が荘子の考えに触れられる。時代も場所も越えられるんだ。ねえ、すごくない？　奇跡みたいじゃない？」

黒い瞳がきらきらと宝石のように輝く。

その瞳があまりにきれいで、アンは吹き出してしまった。

「本、好きなんだね」

少年がはにかむように笑う。とろけるような笑顔にアンまで幸せな気分になった。

5

「そろそろ行かなきゃ。送るよ。人間が夢から覚めるには扉から出るしかないんだ」

もみじが椅子から立ち上がったとき、アンは自分の状況を思い出した。

ここが図書迷宮だということを失念していた。霧で霞《かす》む内装は現実の屋敷とほぼ同じだ。巨大昆虫も現れなかったので自分でも驚くほどくつろいでしまった。

歩きながらそう話すと、もみじが教えてくれた。

「あの虫は紙魚《シミ》、紙の魚って書くんだ。文字を食べる虫で、かわいい名前のとおり人を襲ったりはしないよ。夜行性で明るいうちはめったに出てこないし」

かわいい……？　同意しかねるが、害がないとわかってほっとした。それからふと、肝心の問題が手つかずになっていることを思い出す。

「結局なにもわからなかったな……あっ、荘子のことじゃないよ。私、迷宮のこと調べてて。どうしたらここに来なくてすむかなって」

「図書迷宮は嫌い？」

迷宮の住人である少年の手前、悲しませるようなことは言いたくない。

うーん、と返答を濁すと、もみじは正面に顔を戻した。

「いい場所ではないよね。こんなにボロボロで墓地みたいだ。昔はすてきだったんだ。たくさん人がいて、どこもキラキラしてた。だけど……〈モミの木文庫〉を読む人が減って、迷宮は少しずつ壊れた。じきにここは跡形もなく消える」

「猫が同じようなこと言ってた。だから私に司書見習いになれって。図書屋敷の利用者を増やして、繁盛させろって」

「迷宮を蘇《よみがえ》らせるには図書館の利用者が不可欠だからね。こちら側に人が来るのも九年ぶりだし、ワガハイが過度な期待をするのもわからなくはないよ」

「……迷宮、消えちゃうの？」

「そうだね」

「もみじ君はどうなるの？」

端麗な少年はひっそりとほほえみ、それきり答えなかった。

ふたりは黙々と歩いた。迷宮は広大だ。書棚に挟まれた通路はどこまでも長く、曲がりくねり、たわみ、坂になっている。書棚の大階段や回廊、殺風景な丘。空間が歪んでいるのか現実ではありえない風景が連なる。

ようやく廊下の先に青紫の花に彩られた白亜の大扉を見つけたとき、アンは喜びよりも憂鬱に感じた。

「着いたよ」

前を行くもみじが振り返るが、アンは立ち止まってうつむいた。

迷宮を出られるのは嬉しい。しかし扉をくぐれば無人の図書室にひとりきりだ。家族も知り合いもいない。待っているのは終わりの見えない夏休みと不機嫌なセージだけ。

「胡蝶の夢だ」

もみじがアンの瞳を覗き込み、ほほえんだ。

「君が小さくなることない。人だろうと猫だろうと、誰を相手にしてもなにも変えなくていい。君は君だ。自信を持って。アンはすてきな子だ」

「な……っ、そんな、こと」

アンはどぎまぎした。〈著者〉とはいえ面と向かって男の子に言われると面映《おもは》ゆい。

もみじが扉に手を伸ばすと扉が動き出した。

「契約のことはぼくが何とかする。司書見習いの話は忘れていい。だから二度とこちら側へ来てはいけないよ。猫が来ても無視するんだ。いいね」

少年に背中を押され、アンは慌てた。

「待って、もみじ君。まださっきの答え聞いてない、ここがなくなったら」

扉の向こうへ送り出され、光がアンを包む。もみじの姿が霞んでいく。

「もみじ君！」

待って、私まだ――――


はっと目を開けると、山積みの『荘子』が視界を塞いでいた。

開け放たれた窓から陽光が射し、爽やかな風にレースのカーテンが翻る。

アンは上体を起こし、頬に残る机の感触を手の甲で拭った。

「図書屋敷……現実に戻ったんだ」

まだ頭がぼんやりしている。なにを見るわけでもなく座っていると、岩波文庫の『荘子』に目がとまった。片手でぱらぱらと捲《めく》り、驚いた。

「読める」

いきなり読解力が身につくはずはない。もみじの解説を覚えているから理解できるのだ。なにより、夢の少年が教えてくれた荘子の楽しみ方が読書を助けてくれる。

私の驚きや発見を楽しんでくれる本。荘子の思想が織り込まれた、二千三百年前から伝わる、短い話が詰まった本。難しいし、とっつきにくい。

でも、読みたい。

じっくり、丁寧に。開いた本と向き合う。同じ文章を何度も読み、他の『荘子』と読み比べる。ひとつの説話を読むのに大変な時間を費やしたが、そんな読書も楽しかった。

「すごいな……」

『荘子　第一冊　内篇』訳注、金谷治。

小さな文庫の中に荘子の思想やそれを再編した郭象の想《おも》いが詰まっている。高校生のアンには理解できない部分がほとんどだが、他の『荘子』よりも圧倒的に薄いこの本を見れば、訳者が言葉を選び、削《そ》ぎ、原文に近い形で『荘子』を伝えようとする姿勢を感じ取れた。小さな本に何千年もの歳月と叡智《えいち》が凝縮されている。

私の手の中に小さな宇宙があるんだ。

静かな衝撃がアンを揺らした。熱い風が吹き、好奇心と喜びで胸が高鳴る。

私もいつか一人で読めるかな。大人になったらこの本がわかるかな。いま理解できなくてもいい。この本が読める、すてきな大人になりたい。

少しだけ描けた未来への憧れに口許が綻んだとき、

「いつまで眠たいこと言ってんだよ！」

突如、怒声が響いた。

廊下からだ。少し迷ったが、席を離れてドアを細く開けた。廊下の先にリッカがいる。

言い争う声もそちらから響いているようだ。

図書室を出てそちらへ向かうと、リッカが気づいた。

「アンちゃん、図書室にいたの。姿が見えないから部屋に戻ったのかと」

そういえば本の虫干しが途中だった。

「ごめんなさい、隣の部屋で本を読んでました」

「こっちこそごめんね、うるさかった？」

いえ、と言いながらもアンの視線は怒鳴り声のほうへ引き寄せられた。

図書屋敷の正面玄関でセージとスーツを着た狐目の男性が言い争っている。正確には狐目の男性が一方的に責め、セージが射殺しそうな目で睨む、という構図だ。

ノトがふたりの間に立ってなだめているが効果は薄そうだ。

「あのスーツの人、さっきもいましたよね。立ち退きがどうのって」

リッカは困った顔をしたが、隠し立てしなかった。

「あれは不動産屋。セージ君のうちは地主と縁が深くて、この土地を無償で借りてたんだけど、数ヶ月前に土地のオーナーが新しい人に代わってね。期日までに立退料《たちのきりょう》を受け取って出て行くか、土地を買い取れって」

「そんな……」

屋敷の敷地《しきち》は広大だ。その土地を買い取るとなれば莫大《ばくだい》な金額が必要だろう。そんな大金を簡単に用立てられないことはアンにも容易に想像がついた。

狐目の男性が書類を手に追及している。「使用賃借《しようちんしやく》」「法的根拠」「訴訟」と不穏な言葉が飛び交う。肝心のセージは睨み返すばかりで口を開かなかった。

アンはやきもきした。

「どうして言い返さないんだろう。ここ、籾さんのおうちですよね」

「セージ君は口ベタだから」

そんな理由ある？　自分の家なのに知らんぷりなんて信じられない。

「いまはネットや電子書籍もあるし、私立の図書館は時代遅れなんだろうね。本を借りるなら公立があれば充分……〈モミの木文庫〉はもうおしまいかな」

「おしまいって、ここ、なくなっちゃうんですか？」

「屋敷は残るよ。歴史のある建物だからきっと移築されてレストランかカフェになる」

「でもノトさんとリッカさんは？　ここの従業員で図書屋敷に住んでますよね」

「そりゃあ、従業員じゃなくなったら出て行かないと」

がつん、と頭を殴られたような衝撃があった。

私、大変なときに押しかけてたんだ……！

連絡の行き違いがあったにせよ、得体の知れない子どもに押しかけられてノト夫妻はひどく迷惑しただろう。夫妻は仕事どころか住む場所や生活を失う瀬戸際に立たされていたのだ。自分たちの今後を考えることで手いっぱいのはずなのに。

そこまで考え、息をのんだ。

――どうして私がやらなくちゃいけないの。

私関係ない。自分のことでいっぱいいっぱいなんだから。こっちが助けてほしいくらいなのに、他のことなんか知らない。

灰色に淀《よど》んだ世界の出来事が現実だと知ったとき。迷宮から逃れることはできないとわかったとき。アンはそう思った。

なんの疑いもなく、平然と。

自分以外を切り捨てた。

「どうして」

我知らず呟いていた。リッカが怪訝《けげん》な顔をしたが、言葉は止まらなかった。

「どうして私を置いてくれたんですか？　初めて会ったとき、父と連絡がつきませんでした。知らない子どもが家に押しかけてきたら普通、追い返します、追い返してよかったんです、リッカさんもノトさんも住むところがなくなっちゃうかもしれないんですよ!?　こんな大変なときにどうして……っ、私のことなんか放り出してよかったんです、こんな面倒抱えなくたっていいじゃないですか！」

全部お父さんが勝手にしたことだ。ホームステイも図書迷宮の悪夢も私のせいじゃない、私は関係ない、ひどい、理不尽だ。

アンの心にはいつだって不満がくすぶっていた。

夏休みを台無しにされ、見ず知らずの他人に預けられた自分がかわいそうで。ノト夫妻が苦しい状況に陥っているなんて考えもしなかった。

自分のことしか考えられない私はなんて身勝手なんだろう。

「やあ、なんもさ」

不意に響いた言葉にアンは顔を上げた。

リッカがほほえむが、言わんとしていることがわからない。

「なんも……？」

「お互い様ってことだよ」

リッカがアンの肩を抱いた。

「北海道には地吹雪があるんだわ。横殴りの風に雪がびゅうびゅう吹いて、痛くて目が開けられないし、開けても視界は真っ白。方角どころか手を伸ばした先も見えない。ちょっとのつもりで家を出て、遭難しかけることもある」

「遭難？　町の中で？」

「過ぎちゃえばなんてことないんだ。でも私もアンちゃんくらいの頃に家の横で巻き込まれてね。まあ、本当になにも見えなかった。顔は痛いし、手袋二重にしてたのに寒くて指が千切れそうで。いくら探しても玄関が見つからない。このまま凍え死ぬんだと思ったら……そりゃあ恐ろしかった」

アンは言葉を失った。洪水、地震、台風。大きな爪跡を残し、復旧に時間を要する自然災害は知っている。だがリッカの話は異質だ。

命を落とすほどの天災が生活と隣り合わせにある。地吹雪が収まれば町は日常を取り戻し、何事もなかったように動き始める。

そんな危険が日常に横たわっているのだ。

「知らない人だからって困ってる人を追い返したとして、次の朝にその人が凍ってました——なんて、寝覚めが悪いでしょ？　だから、とりあえず今晩は泊まっていきなよってなるんだ。ね、お互い様」

軽く言ってのけられるリッカは懐が深い。いや、リッカだけではない。ノトや、もしかしたらセージもその精神を継いでいるのかもしれない。

「そうそう、アンちゃんのお父さんも地吹雪の日に来たんだわ。それが縁でこんなすてきな女の子が来てくれるんだから、巡り合わせに感謝しなきゃ。アンちゃんが本を読んでくれて図書屋敷も喜んでるよ」

アンの肩をぽんぽんと叩き、正面玄関に視線を戻した。

「あっちも話が終わったみたいだね。お茶でも淹《い》れようか。アンちゃん、二十分くらいしたらダイニングに戻っておいで。おいしいお菓子があるよ」

リッカはいつもの笑顔で玄関へ向かった。

アンは後ろ髪を引かれる思いで図書室に戻ったが、後片付けを始める気分にはとてもなれなかった。扉に背をつけて室内を見渡す。

「ここがなくなる……」

あの剣呑《けんのん》な様子からして時間は残されていない。近い将来、図書屋敷は潰される。そうなったら、リッカさんとノトさんは出て行かなくちゃいけない……住む場所がなくなる。図書迷宮は？　もみじ君はどうなるの？

胃のあたりがぎゅっと縮むのを感じ、鳩尾《みぞおち》を押さえた。

本物の人間じゃないんだから悲しむ必要はない。空想の産物が消えるだけ――そんなふうには、一ミリだって考えられなかった。

「『荘子』の面白さを教えてくれたのは、もみじ君だ。本が大好きで、本の話をするとき目をきらきらさせる、あのもみじ君」

――小娘ちゃんは司書見習いとして図書屋敷と図書迷宮、両方であくせく働くんだ。

猫はそう言った。屋敷の利用者を増やして繁盛させろとも。

「私をむりやり司書にしようとしたのは、廃館を防ぐためだったんだ」

屋敷と迷宮は見えない力で繋がっているのかもしれない。利用者が増えて〈モミの木文庫〉が盛り返せば、ノト夫妻も立ち退かなくてすむ。しかし。

――いまはネットや電子書籍もあるし、私立の図書館は時代遅れなんだろうね。本を借りるなら公立があれば充分……〈モミの木文庫〉はもうおしまいかな。

リッカの言葉が重くのしかかる。夫妻はこれまで様々な取り組みをしたはずだ。それでも時代の流れに逆らえず、経営はたちゆかなくなった。

アンはただの高校生だ。経営の知識どころかバイトの経験もない。本のことさえろくに知らない人間になにができるというのか。

己の無力さに溜息すら出なかった。

のろのろと机に積んだ荘子の書籍を抱え、もとの棚に運ぶ。最後に岩波文庫を本棚に戻そうとしたとき、くぐもった声が響いた。

「まだいたのか」

図書室の入り口に目つきの悪い青年がいた。

セージがうんざりした様子で踵を返すのを見て、アンは思わず呼び止めた。

「籾さんっ」

青年がおもむろに振り向く。その眼光の鋭さに喉まで出かかった言葉が引っ込みそうになったが、アンは勇気を振り絞った。

「あの、どうするんですか、ここのこと。屋敷じゃなくて、その、図書迷――」

「ルールを破ったな」

「え？」

「三つのルールを守れと言った。その左手の痣はなんだ」

ぎょっとして自分の左手を見た。一見なんともないが、目を凝らすと手の甲に淡く煌めく蝶の痣が浮かび上がった。

「あ⁉　こ、これはその」

岩波文庫で左手を隠すが、今さらだ。猫につけられた刻印は洗っても消えないだろう。

そもそも迷宮の話をした時点でルールを破ったと白状したようなものだ。

セージがゆらりと踏み出した。きつい三白眼が鋭さを増し、いっそう凶悪な人相へ変わる。青年はアンの前に来ると暗い声で脅した。

「忘れろ。二度とあちらへ行くな」

恐怖のあまり返事ができなかった。上背のある大人が発する怒気は恫喝《どうかつ》に等しい。

セージはそれを了承と受け取り、不機嫌そうに踵を返した。

猫背気味の大きな背中が遠ざかっていく。

アンはその後ろ姿をただ眺めることしかできなかった。恐怖とショックで心臓がばくばく鳴っている。だが疑問は消えなかった。

どうして。

なんで、なにもしないんですか？

本当にいいんですか、お屋敷がなくなっちゃうかもしれないのに。リッカさんもノトさんも悲しみます、あなたはどうなんですか。図書迷宮は。本は。もみじ君は？

言いたいことはたくさんあるのに言葉が喉に張りついて出てこない。

セージが苦手だ。怖い。なにを考えているか全然わからない。不機嫌で気難しくて、無口で粗野で。みんなが困ってるのに、なにもしない冷たい人。

不意に遠ざかる背中が憎らしくなった。

あなたが、なにもしないから。

同時に猛烈に腹が立った――――自分自身に対してだ。

「私は」

私もなにもしないの？

東京に帰れなくなった私を助けてくれたノトさんたちが困ってるのに。二度も命を助けてくれたもみじ君が消えちゃうかもしれないのに。

本のことはわからない。経営のことなんて知らないし、バイトの経験すらない。頭がいいわけでも飛び抜けた才能があるわけでもない。アンはただの高校生で、どこにでもいる普通の子だ。しかし。

図書迷宮では、司書見習いのアンだ。

岩波文庫の『荘子』をぎゅっと握りしめ、廊下に飛び出した。

「あの！」

走ってセージの前に回り込み、行く手を阻む。

見ず知らずの自分を受け止めてくれたソトとリッカのために。夫妻が大切にする屋敷のために。そして、すてきな物語を教えてくれた、もみじのために。

胡蝶の夢だ。

「私、帰りません！　睨まれたって、ぜ、ぜっんぜん怖くないです！　だからその、えと……二週間、大変お世話になります！」

目が合うと怖すぎるので、勢いよく一礼してダッシュで逃げた。アンは図書室へ走りながら心の中で叫んだ。

言ってやったよ、もみじ君！　私、二週間がんばる！

An Apprentice to Midnight Librarian

二冊目

『クローディアの秘密』　E・L・カニグズバーグ

1

朝露にヒバの香りが溶け、芳《かぐわ》しい風が吹く。

アンは庭に立ち、爽やかな空気を胸いっぱいに吸った。黄金《おうごん》アカシア。スモークツリー。アジサイ。ダリア。フロックス。オミナエシ。園芸種と野の草花が調和したイングリッシュガーデンは花盛りを迎え、どこを切り取っても美しい。

そして、緑豊かな庭園の向こうには木造の洋館があった。

地上二階、地下一階の建物で、やや張り出した左右の棟は腰折れ屋根を用いて部分的に三階になっている。外壁が朝日に白く輝き、緑青《ろくしょう》の吹いた銅屋根によく映える。

切妻《きりづま》屋根の玄関ポーチはいかにも西洋風だが、懸魚《げぎょ》や破風《はふ》といった日本的な意匠が覗く。和の趣が溶け込んだ洋館は愛らしく親しみやすい。図書屋敷は百年以上前に建てられたとは思えないほど、どっしりとして優美だ。

惚れ惚れとして眺めていると、すぐそばで明るい声が響いた。

「そこからの眺めが気に入った?」

リッカだ。五十代の女性はガーデニングエプロンをつけ、ポケットにハサミや手袋を差している。そのいでたちにアンははっとした。これから市内の絵画教室が庭の写生に来るので、支度を手伝っていたのだ。

「ごめんなさい、見とれてました」

「私もアンちゃんと一緒。ここからの景色が一番好きなんだ」

リッカが白い歯をこぼして洋館を仰ぐ。アンもそれに倣った。

そのとき、二階の窓辺で影が動いた。

背が高く痩せたその人は、遠目でもわかるほどきつい三白眼をしている。すごみのある風貌は殺し屋と言われたら信じてしまいそうだ。

籾青爾《せいじ》。青年はこの家の主であり、〈モミの木文庫〉の館長である。しかし図書屋敷は開店休業状態。セージの仕事といえば猫の餌やりくらいだろう。

「図書館がなくなったら……このお庭もなくなっちゃうんですね」

アンが呟くと、リッカはわずかに表情を曇らせた。

「昨日の不動産屋のこと、びっくりさせちゃったね。大丈夫、まだ先のことだよ」

たしかにアンの滞在中に廃館はないだろう。だが土地を買い取れなければ立退料を受け取って出て行かなければならない。寂れた図書屋敷にそんな大金があるはずもなく、このままでは従業員のノト夫妻は職を追われ、住み慣れた家まで失ってしまう。

眼光の鋭い青年が窓辺から離れていく。

あの人に任せてたら、本当にここがなくなっちゃう。リッカさんたちのためにも私がしっかりしなきゃ。図書屋敷を守るんだ。

普通に考えれば二週間足らずで廃館を阻止するなど不可能だ。しかしこの最北の私立図書館は普通ではなかった。そしてアンもまた、もうただの居候高校生ではない。

——おはよう、シンデレラ。

昨夜、金の瞳の猫がまたしてもアンの眠りに現れたのだった。

§

深夜。目を開けると、ジンジャーオレンジの毛並みをしたぽっちゃり体型のペルシャ猫がアンの胸に座ってニタニタと笑っていた。

「おはよう、シンデレラ。今日はお寝覚めがよろしいじゃないか。いやはや昼間は驚いたね。二週間お世話になります、だったか。セージに啖呵《たんか》を切るとは意外や意外。そんなに司書見習いのお仕事が気に入ったとは」

猫がしゃべった！ と騒ぎたいところだが、二晩続けてとなると驚きも薄い。

「あなた、ワガハイ？」

「そうとも、吾輩《わがはい》は猫である。名前はワガハイさ」

「どこから入ったの？ 私、昨日も今日も部屋の鍵かけて寝たんだけど」

「ドアを閉める前にベッドの下は見たかい？」

最初から部屋にいたらしい。アンは溜息をついて体を起こした。

パジャマでベッドに入ったはずが、またしても三つ編みにアンティーク調のエプロンドレス姿になっていた。ベッドの中でスニーカーを履いていて面食らう。

室内の様子は寝る前と変わらなかった。しかしこうして部屋を見渡せること自体おかしい。真夜中でカーテンを閉め切り、照明も消えているのだから。

「これ、夢だよね？」

念を押すと、猫が金の目をくるりと回した。

「当たり前だろ、猫がニンゲンの言語を話すわけないじゃないか」

アンの手の甲には猫につけられた蝶の形をした痣があった。痣の翅が震え、蝶が皮膚の表面を移動する。まるでこちら側に出たがっているみたいだ。

奇妙な光景を前にしてもアンはうろたえなかった。

「司書見習いの話、詳しく聞かせて。もう逃げたりしないから」

「いい心構えだ。ついておいで、小娘ちゃん」

ワガハイはベッドを下り、誘うようにふさふさの尻尾を揺らした。

「ここはオマエの夢の中。意識と図書迷宮の境界。迷宮の入り口まで鍵が案内する」

猫が廊下を行く。その後ろを歩くアンの指先には白い蝶が休んでいた。

部屋を出ると痣が輝いて、蝶が実体化したのだ。燐光が灯火《ともしび》のように周囲を照らし、翅が震えるたびにリリリン……と涼やかな音色を奏でた。

蝶を驚かせないよう、声を落として尋ねる。

「そもそも図書迷宮ってなに？　ここ図書屋敷でしょ」

「そっちは表の顔。まあ、成り行きというか、迷宮の誕生と関係してる」

ワガハイは階段口の手すりに登り、アンの肩に飛び移った。

「わっ、なに⁉」

「急な階段は猫ちゃんの腰によくないんだよ」

「………重いんだけど」

「高貴なオレ様の重みに震えるがいい」

ヌフフ、とオレンジの毛並みが襟巻きのように首に巻きつく。

司書見習いになると宣言したとたんにこの懐きようだ。下りて、と言いたいが昨晩の化け猫の姿を思うと強く言いにくい。

「自分で歩かないとぶくぶく太っちゃうんだからね」

「そうなったらオレ様の腹をモフモフさせてやるよ、触りたいだろ？」

口の減らない猫だ。

「それで、迷宮って？」

「セージの祖先が生み出した世界。初代は魔術師だった」

「魔術師？　魔法使いってこと？」

「信じようが信じまいが、小娘ちゃんの自由だがね」

ケケ、と猫が笑う。もちろん信じない、と言いたいところだが、しゃべる猫を目のあたりにしてはそうも言っていられない。

猫はごろごろと喉を鳴らし、アンの耳元で滔々《とうとう》と語り始めた。

「初代はとんでもなく力のある魔術師だった。あまりに強大で、やつが蔵書票をつけた本には魔力が宿った。魔力を得た書物は夜な夜な息づき、夢を見た」

「本が……夢を見る？」

「幻想や思想を紡いで生まれた連中だからな。本はその性質自体、夢と近しいのさ。そして書物の夢は混ざり合い、現実でも夢でもない意識の集合体〝図書迷宮〟が生まれた。初代は夢を下って迷宮に入り、この世界の王となった」

クローゼットのような通路を抜け、白亜の空間に出る。一直線に延びた赤絨毯の先には青紫の花に守られた白亜の大扉がそびえている。

「魔力は血に宿る。初代の能力は子孫に受け継がれ、籾家は代々迷宮を守ってきた。迷宮に入ることができるのは籾の血族および、司書として委任を受けた者のみ」

「ノトさんとリッカさんは迷宮に入れる？」

「あの夫婦は迷宮の存在すら知らないね。小娘ちゃんはオレ様の計らいでトクベツに選ばれたのさ。その証《あかし》が白い蝶だ」

扉に近づくと、指先で休んでいた蝶が飛び立った。白い蝶が青紫の花にとまる構図は本の見返しに貼られた版画にそっくりだ。

「エクスリブリス……この風景、蔵書票と同じだね」

「現迷宮の主はセージだからな。魔術師の子孫にして迷宮を統べる王。やつが主でいる間は、やつの蔵書票が扉であり鍵だ」

「籾さんってそんなにすごい人なの？　じゃあ、あの人も魔法使い！」

三白眼の痩せた青年は黒いローブ姿がよく似合う。夜な夜な怪しげな儀式をする様子を思い浮かべていると、猫が冷ややかに言った。

「呪いやまじないは使えないぞ。魔法使いと言っても日常生活を送るかぎり、そのへんのニンゲンと変わらん。魔法とはもっと限定的なものさ。だからこそ強力で重い。小娘ちゃんもいずれ知ることになる。この先でな」

さわさわと植物が揺れ、大扉が動き始めた。穏やかで美しい光景はここまでだ。

扉をくぐった瞬間、むっとするような濃い霧に包まれた。一面灰色で、腐敗臭が鼻を刺す。埃とカビと死。濃霧に満ちた迷宮を形を持たないものたちが徘徊している。

気味の悪い感覚にうなじの毛が逆立つようだ。

猫が鼻の頭にしわを寄せた。

「まったく嫌になるね。前はこうじゃなかった」

「どうしてこうなったの？」

「セージが主になってからだ。あいつには迷宮を統べる力がない」

「迷宮を統べる力……」

「管理能力だよ。図書迷宮では期待したことが実現する。夢の中なら変身したり瞬間移動したり空を飛んだり、なんでもできるだろ？　あれと同じさ。籾家と迷宮の司書はその力を駆使して本を守り、管理してきた」

「なにから本を守るの？　その、空想の力で」

ヘンなの、と思ったが、猫は大まじめだ。

「いろいろさ。たとえば本を食べる害虫やネズミの駆除。蔵書票の剝がれかけた本は暴走するから、捕まえて新しいのを貼ったりな。書籍の悩み相談もあるぞ。セージはそのひとつも果たさず、迷宮を放置した。きちんと仕事ができないから現実の本がカビて、ページ抜けや虫食いが発生する」

「そういえば昼に図書室で虫食いだらけの本を拾ったよ。『はてしない物語』っていう本。あれ、私が夢の中で落とした本だよね？」

「ああ。昨日でっかい紙魚がバリバリムシャムシャしただろ」

銀色の巨大昆虫が文字をむさぼる様子を思い出し、アンは肩を落とした。

「かわいそうなことしちゃった……だけど現実にまで影響するなんて」

「本だけじゃない。図書屋敷と図書迷宮は表裏一体、互いに影響し合う。迷宮で悪いことが起きれば屋敷は不運に見舞われ、屋敷が寂れれば迷宮が腐る」

「ということは……迷宮がよくなれば図書屋敷もよくなる？」

そういうこった、とペルシャ猫はアンの肩を蹴って床に降りた。

「もともと迷宮の魔力がニンゲンを引き寄せて〈モミの木文庫〉を大きくしたからな。迷宮が力を取り戻せば図書屋敷は大賑《おおにぎ》わいさ」

「じゃあお金も入る⁉　土地を買えるくらい！」

「ケッ、没落したこと自体ありえないね。迷宮の主は迷宮に繁栄を約束される。ここがあるべき姿に戻れば、黙ってたって金が転がり込むだろうよ。そこでだ、小娘ちゃんに大至急やってもらいたいことがある」

図書屋敷を救う方法があるのだ。アンは俄然《がぜん》乗り気になった。

「なにをすればいい？」

「蔵書票のついた本、〈モミの木文庫〉をニンゲンに読ませろ。一冊でも多くだ」

「それから？」

「もちろん頂戴するのさ、ニンゲンのとびきり大事なものをな」

大事なものってなんだろ…………命とか？

開いた本の中に人が吸い込まれる様子が浮かび、背筋が寒くなった。その不安をなぞるようにワガハイが不吉に笑う。まさか本当に命を——

「想像力」

「…………ん？」

「想像力だよ！」

ぽっちゃり猫は叫び、「にゃはあっ」とマタタビを嗅いだみたいに床に転げた。

「なんて甘美な響き！　人の心が動いたときの想像力の旨《うま》みといったらニャヒヒッ。早くニンゲンに本を読ませろ、字面を追うだけじゃだめだ、楽しませて夢中にさせろ、想像力だけが迷宮の活力、この世界を蘇らせるエネルギーだ！」

「あ、そう……へえ、本当にそんなことでいいんだ」

「そんなことだと⁉　ええい、これだからニンゲンはわかっちゃないんだ」

ワガハイは周囲を見回し、「あれを見ろ」と通路に鼻先を向けた。

輪郭の崩れた半透明の人影が歩いている。しゃれたスーツの男性で、七三に整えた髪と特徴的な口ひげは教科書でお馴染《なじ》みだ。

「あっ、夏目漱石」

「本人じゃない、〈著者〉だ。エッセイ、手記、回顧録、作家論。〈モミの木文庫〉の蔵書のイメージがまざってできてる。厳密に言えば、それら蔵書を読んだニンゲンの想像が反映されてあの漱石を形作った。面倒だから話しかけるなよ」

「なんで？」

「偉人のエピソード集なんざ、面白ネタや強烈な逸話の宝庫だ。そのせいで〈著者〉は変人ばかりなのさ」

「もみじ君はそんなことなかったけど」

「ナマイキ小僧に会ったのか！　……やいやい、小僧となにを話した？　余計なこと吹き込まれてないだろうな」

ワガハイに気をつけろって言われました、と教えたら面倒なことになりそうだ。

「別に？　それよりシャーロック・ホームズもいたよね。ベネディクト・カンバーバッチ。俳優がいるのはどうして？」

猫は疑わしそうにヒゲをひくひくさせたが、追及しなかった。

「そっちは〈登場人物〉だな。構造は〈著者〉と同じで、小説を読んだニンゲンのイメージが反映される。ベネディクトなんちゃらは誰かさんの趣味だろ」

「本当に本を読んだ人のイメージで外見が決まるんだ」

「外見だけじゃない、中身もだ。いつ読んだか、誰が読んだか、何人読んだか。そういうのが複雑に絡み合って〈著者〉や〈登場人物〉が生まれるのさ」

「見え方に差があるのはどうして？　みんな灰色の幽霊なのにホームズは普通だったよ。そんなに透けてないし、色もついてた」

「愛読者がついてるんだ。定期的に読む者がいれば存在が安定する。逆に言えば影の薄い連中は読まれてない本だ。読まれないとどんどん存在が希薄になる」

「つまり、さっきの漱石も定期的に読む人がいれば……人っぽくなる？」

ワガハイが上機嫌に尻尾を揺らした。

「わかってきたじゃないか。人も動物も植物も、本に内在するすべてが命を得る。昔の迷宮はそりゃあ巨大で賑やかだった。古今東西、あまたの国と時代を越え、神から芥《あくた》までが暮らした。あらゆる書籍のあらゆる情景が息づいた。それがこのザマだ」

灰色に濁った図書迷宮は死の国だ。なにもかもが腐り、溶けている。

「百聞は一見にしかずだな。朝になったら誰かに〈モミの木文庫〉を読ませろ。想像力が迷宮にどう作用するか、自分の目で確かめるんだ」

本を貸すくらいなら私にもできそうだ。そう安心したとき、猫の言葉が続いた。

「コツは相手に合った本を選ぶこと。心が躍る読書じゃなきゃダメだぞ、ワクワクしたりホロリとしたり。必ず楽しんでもらえ」

「ちょ、ちょっと待って。私が本を選ぶの？」

「そうさ、カンタンなお仕事だろ？」

「簡単じゃない！　貸すだけじゃなくて、楽しんでもらえる本を選ぶなんて。私あんまり本読まないし、選べるほど知らないよ」

「あーそうだったな、小娘ちゃんは荘子も知らないぺーぺー子ちゃんだったな」

荘子なんて知ってる子のほうが少ないよ、と言い返したくなったが我慢した。本のことをよく知らないのは事実だ。

ワガハイが前脚をぐーっと伸ばした。

「しかたない、〈司書の書斎〉に行くぞ。〈名簿〉を貸してやる」

「名簿？」

「これまで〈モミの木文庫〉を利用したすべてのニンゲンの氏名、生年月日、生涯に読んだ本の情報が蓄積されたリストだ。〈名簿〉に名前を書くとそのニンゲンの年齢性別、感情や願望を読み取って、いま読むに相応《ふさわ》しい本を教えてくれるのさ」

「そんなすごいアイテムあるんだ！」

ここをどこだと思ってる、と言わんばかりの得意顔で猫は歩き出した。

苔むした書棚の小径《こみち》を進み、うねる絨毯の回廊を抜ける。霧が深くてどこをどう歩いたのか把握できないが、傾いた書棚の通路を行くと視界が開けた。

「着いたぞ。あれが〈司書の書斎〉だ」

書斎というので部屋を想像していたが、ワガハイが示したのは小さな丘だ。ドアも壁もない。丘のてっぺんに机と棚がぽつんと置かれている。霧に霞む牧歌的な風景は牛や羊の鳴き声が聞こえてくるかのようだ。

丘の頂上に着くと、家具は古いものだとわかった。デスクと椅子は揃いの黒檀《こくたん》。棚は縦長の猫脚のキャビネットで、ガラス戸で閉じられている。

「棚の上段に赤い表紙の分厚い本があるだろ、それが〈名簿〉だ」

「あった、これね」

特徴どおりの本に手を伸ばしたとき、ガラス戸がさざ波立った。

「待て！」

いきなり猫が叫び、アンに体当たりした。直後、ガラス戸が爆ぜて無数のイバラが飛び出した。猫の重みでよろめいていなければ腕は穴だらけになっていただろう。

「な……なにこれ」

ガラスのイバラは水飴《みずあめ》のように溶け、ゆっくりと平面に戻っていく。

よく見れば、キャビネットの戸にはフレームがない。ガラスが流動してウォータースクリーンのように循環しているのだ。鍵穴だけが同じ位置に浮かんでいる。

「どうやらオマエはまだ司書として迷宮に認められてないらしい。特例の見習いだからな。こりゃ鍵がいるぞ」

「鍵って……こんな危ない棚を開けないといけないの？」

「鍵があれば普通のキャビネットさ。フム、妙だぞ。ここの本に鍵を挟んだんだが」

ぽっちゃり猫はデスクに飛び乗ってきょろきょろした。机にはランプや羽根ペン、インク壺《つぼ》があるが、ブックスタンドに挟まれた一角はからっぽだ。

そのとき、アンのふくらはぎに柔らかなものが触れた。

何気なく足元を見、アンはぽかんとした。

綿菓子のようなものが床に落ちている。縮れてごわごわのページ。上部に覗く表紙の端はアンモナイトのような形の角になっている。さらに、蹄《ひづめ》のついた脚が四本。

書籍と羊を足して二で割ったような奇怪な物体がアンのスニーカーの紐《ひも》を食《は》み、長い尻尾をぷるぷるさせている。

「………ワガハイ、これなに」

「おお、それだそれ。そんなところにあったか」

ひくっと口の端が引き攣る。

「鍵は本に挟んだって言ったよね、探してるのは本だよね、これ本じゃなくない⁉」

「どう見ても本だろ、〈先祖返《せんぞがえ》り〉したんだ」

「先祖返り」

「司書の書籍群に起こる現象さ。普通の本は読まれないと化石化するが、司書の本は古くて革装が多いからな。長く読まれないと〈先祖返り〉して元の動物の形状に戻るのさ。ヒエロニムス・ボスの絵画みたいでキモカワイイだろ？」

状況はわかった。なんでもありの図書迷宮だ。巨大昆虫の紙魚、凶暴なキャビネット、おかしな生き物がいるのも構わない。それにしても、だ。

「じゃあどれなの、その鍵を持ってるのはーっ！」

アンの叫びに、モー、ヒヒンッ、と鳴き声が応える。

背表紙を背骨に紙の脚を生やした本がぱかぱかと蹄を鳴らし、カウベルを下げた四つ脚の本が机の脚の苔をごりごり食んでいる。

微妙に形状の異なる奇妙な生物が十数体、そこら中を徘徊している。

「だからそいつさ、鍵を持ってるのはヒツジちゃん」

羊！　足元を見たが、綿菓子本はアンの叫びに驚いて逃げたあとだった。あたりを探すと、ずんぐりした書籍の陰に羊の本が隠れるのが見えた。

ずんぐりした書籍は大きな角を持ち、体も大きい。形状からして元はヤギだろうか。

ヤギらしき〈先祖返り〉は蹄で地面を数回打ち、頭を低くした。

「あれ……な、なんか怒ってる？」

まさか突っ込んでくるつもりなんじゃあ――

「ンメエエエッ！」

嫌な予感は的中した。雄叫《おたけ》びをあげてヤギ本が突っ込んでくる。

アンは全力で逃げたが、蹄の音が猛烈な勢いで背後に迫る。

「おい、捕まえれば本に戻る……って、むりだなありゃ」

本に激突されたアンが丘から転げ落ちるのに時間はかからなかった。

2

朝八時半。図書屋敷の庭園に十数人の小学生が集まっていた。市内の絵画教室に通う一年から六年生で、教室の先生を囲んで写生の説明を受けている。

アンは集団から少し離れたところに立ち、プリントの束を片手に腰をさすった。昨夜本に激突された痛みがしっかり残っている。

結局、羊の〈先祖返り〉を捕まえることはできなかった。〈名簿〉を手に入れられなかったのは手痛いが、日中のがんばりで取り返すしかない。

大丈夫、本を貸せばいいだけなんだから。

〈モミの木文庫〉を楽しんでもらうことで迷宮が潤い、屋敷にいい影響が現れる。大勢に図書館を勧めれば、一人くらい自分の好きな本を借りていくだろう。

プリントにはトイレや立入禁止エリアを記したマップ、図書屋敷の歴史、庭に咲く四季の花の情報などが盛り込まれている。先生の話が終わったらプリントを配るのがアンの仕事だ。生徒に手渡すときが図書館に誘うチャンスだ。

「じゃあ、移動する前に図書館の人からプリントをもらってください！」

絵画教室の先生の声に背筋を伸ばす。小学生たちを前に緊張は最高潮に達した。

十分後。アンは図書館正面の石階段にうずくまっていた。

「ぜんっぜん、だめだ……」

初めは緊張しすぎて声がかけられず、五人目でどうにか「どうぞ」と言い、七人目の低学年でようやく「よかったら本も読んでね」と話しかけることができた。

しかし、ここで予想外の事態が起きる。

「マンガある？」

えっ、と目を瞬くと、列の後ろの子が「あるわけないだろ」と話に割り込んだ。さらに別の子が「じゃあ、なにがあるの？」と尋ね、「古い本やだ、新しいのがいい」「ハデな本読みたい！」「おすすめなんですか！」――と、小さな子がぎゅっと密集し、餌をねだるヒナのようにアンに詰め寄った。

頭の中が真っ白になった。答えられずにいると、子どもたちは興味をなくして行ってしまった。気を取り直して高学年の子に声をかけてみたのだが、

「あ、興味ないんで」

アンは笑顔のまま、心で泣いた。

庭園に小学生が散らばり、楽しそうに絵を描いている。遠巻きにその様子を眺め、溜息がもれた。視界に氷の入ったグラスが差し出されたのはそのときだ。

丸眼鏡の男性――リッカの夫のノトがにこりと笑った。

「ご苦労様。朝から手伝いで疲れたでしょ。一休みして」

「ありがとうございます」

グラスは割れない材質で、うっすらと水滴がついていた。氷の入った透明な液体に浮かぶ輪切りのレモンとミントの葉がなんとも涼しげだ。

なんのドリンクだろう、と一口飲み、アンは目を丸くした。

「おいしい」

ほんのりと甘い炭酸で、マスカットみたいな香りがする。レモンの爽やかな酸味とミントの清涼感が喉を滑り落ち、何杯でも飲めそうだ。

「これ、なんですか？　飲んだことない味です」

「コーディアルって言うんだ。ハーブのシロップ漬け」

「ハーブって、ピザとか肉料理にのってる？」

「そう、香草や薬草だね。シロップのは庭で育ててるエルダーフラワー。レシピはセージ君のご先祖様のだよ。マロウやラズベリーのコーディアルもおいしいよ」

聞けば、コーディアルはイベントや読書会のときに提供する人気のオプションだという。私立図書館はその性質上、大きな儲《もう》けを出してはいけないのだが、助成金のみで運営するのは困難だ。そこで寄付や会費を継続してもらうのに活躍してきたのがホームメイドレシピだ。他にジャムやドライフラワーも人気らしい。

「ポプリもあるよ。これは先日できたばっかりのラベンダー」

いつの間にかノトの手にリボンを編み込んだポプリの小袋が握られていた。

「おひとつどうぞ。ラベンダーの香りには安眠効果があるから枕元に置くといいよ。タンスや棚に置くと防虫剤になる。本につく虫もラベンダーの香りが嫌いなんだ」

手渡されたポプリからふわりと香りが漂う。爽やかで濃密なラベンダーの香りに目を細めていると、ノトが言った。

「さっきは生徒さんに図書屋敷を紹介してくれてありがとね」

「いえ、余計なことしたみたいで……ごめんなさい」

「なんもなんも。本当はぼくらがやらなきゃいけないんだ。アンちゃんを見てて初心を思い出したよ。昔はなにもしなくても人が集まったけど、この頃は声をかけても断られちゃって。なんでかねー」

それは迷宮が腐ってるせいです、と心の中で答える。ノトたちは迷宮の存在も、その影響で図書屋敷が廃れたことも知らない。夫妻にはどうにもできないことだ。

「さて、絵画教室の子たちにもコーディアルをご馳走《ちそう》しないと。アンちゃん、おかわりがほしかったら、いつでも取りにおいで」

ノトは気さくに言って石段を上っていった。

図書館の玄関に簡易テーブルが設置され、ガラスのサーバーや炭酸のペットボトルが並ぶ。そばでは紙コップを手にしたリッカが慌ただしくドリンクを準備していた。

手伝いに行こうとして、アンは思いとどまった。

図書屋敷を救いたいなら、しなければいけないことが別にある。

「やっぱり、本を薦められるようにならなくちゃ」

せっかく小学生が興味を示してくれたのに一言も答えられなかった。これではだめだ。こちらから本を紹介して借りてもらわなくては。なにをするにも情報がいる。庭を突っ切って正門付近まで行き、木陰に座ってスマホを出した。これだけ図書館から離れれば三つのルールに抵触しないだろう。

「小学生に合う本……なんて調べよう。〝小説〟とか〝おすすめ〟かな」

ショート動画のSNSで検索すると『小説紹介』、『感想』といったタグの動画がヒットした。これなら簡単に面白い本を見つけられそうだ。

しかし動画を数本見たところでそうではないとわかった。

『絶対泣ける！』『この夏、最高の純愛小説』『人生を変えたすごい本』――そんな謳《うた》い文句が躍る。

「これ、小学生が読んで楽しい……？」

　低学年の子が恋愛小説や人生を変える本を読んで喜ぶ姿が思い浮かばない。それにハデな本が読みたい、と言っていた気がする。

　今度はウェブを開き、『小学生』『男の子』『おすすめ』『本』と入力した。一秒とかからず『小学生低学年に贈る本！』、『一度は読んでおくべき少年少女の小説』、『夏休みの読書感想文に！　おすすめ三十選』といった検索結果が並んだ。

　ためしにトップサイトを覗くと、書影、あらすじ、紹介文があった。タイトルはひらがなが多く、わかりやすいイラストやカラフルな表紙が目立つ。

「うん、こういう本のほうが好きそう！」

　方向性がわかれば選ぶだけだ。とにかくウケがいい本がいい。売れているもの、流行《はや》っているもの、人気の本なら間違いない。

　アンは意気揚々として他のURLをチェックした。複数のサイトで取り上げられている本なら喜ばれる確率も高いと考えたからだ。ところが。

「あれ？　な、なんで？」

　いくら探しても同じ本が二回と紹介されていない。いや、見落としただけだろう。

　絵本、小説、ノンフィクション、偉人伝。文庫、新書、単行本。古いものから新しいものまで、延々とリスト化されている。調べれば調べるほど情報が増え、たった三つのサイトをチェックしただけでお薦めは七十冊に膨れ上がった。

数多すぎ……この中からお薦めを絞る？　全部お薦めなのにどうやって。なにを基準に選ぶの、そもそも面白い本ってなに。〝面白い〟の基準は？

しばらく考え、愕然《がくぜん》とした。わからなかった。いくら考えても答えが浮かばない。

「どうしよう……私、本のこと全然わかってない」

庭園には本を借りてくれそうな小学生。スマホには膨大な本の情報がある。それなのに、どこから手をつけたらいいのか見当さえつかない。

そのとき、どさどさ、と物が崩れる音が響いた。

正門の向こうに散乱した食品と横倒しのエコバッグがある。

門柱のでっぱりに腰掛けて一休みしていたのだろう、帽子をかぶった年輩の女性がおろおろした様子で立ち上がり、食品を拾い始めた。

アンは敷地内に転がってきたトマト缶を拾い、正門を出た。「あの」と缶を差し出すと、女性が帽子の大きなつばを押し上げてアンを見た。

「あらあら、拾ってくれたの」

品の良さそうな老婦人だ。髪は灰色でアンがおばあちゃんと呼ぶ世代だ。

優しそうな雰囲気に淡い期待が芽生える。

アンはエコバッグに詰め直すのを手伝いながら、それとなく尋ねた。

「休憩、されてたんですか？」

「そうなのよ、荷物が重くて——やだ、ごめんなさい。入り口にいたら迷惑よね」

「そんなことないです！　あの、建物は涼しいから……よかったら、中に」

婦人はイングリッシュガーデンの向こうの図書屋敷を見、あいまいに笑った。

「そういえばここ、図書館だったわね。……本はちょっとね」

かあっと恥ずかしさで頬が熱を帯びる。アンは慌てて言った。

「そ、そうですよね！　すみません、いきなり話しかけて」

失礼しました、と早口で付け足して、その場から逃げ出した。大股で歩きながら猛烈な恥ずかしさが込み上げた。

なにやってるんだろ私、絶対変な子って思われた！

大人なら話を聞いてくれる。お願いしたら本を借りてくれるんじゃないか——そんな下心を見透かされた気がした。勝手に期待して、勝手に落ち込む自分に呆れる。

やっぱりむり、本の紹介もできないのに相手が楽しめる本を選ぶなんて。貸し出すなんてもっとむり……！　〈名簿〉だ、〈名簿〉さえあれば私にだって。

ひりひりするほど強くその必要性を感じ、唇を嚙みしめた。

絵画教室の生徒に本を貸し出すのは失敗したが、チャンスは他にもある。午後も業務を手伝いたいと申し出るとノト夫妻は難色を示したが、どうにか許可をもらった。入館の手続きや貸出の方法を教わり、午後一番に受付に着いた。

しかし一時間もすると、夫妻が難色を示した理由がわかった。

「誰も来ない」

受付には『ご用の方はボタンを押してください』と書かれた立て札と、卓上の呼び出しベルがある。基本的に受付は不在で、必要に応じて利用者が呼び出すようだ。

立て札を見たときは泥棒に入られないのかと心配したが、まったくの杞憂《きゆう》だった。

「泥棒以前に利用者がいないんだ……」

図書館は開店休業中。つまり、そういうことである。

暇潰しにスマホを見たいが、あいにく手元にはない。

〝ケータイやスマホ、ネットに繋がるものを図書館に持ち込まない〟

セージに課された三つのルールに抵触するので、スマホは部屋に置いてきた。すでにふたつ破っている手前、これ以上の失態は避けたい。セージが怖すぎる。

SNSや動画を見られないと時間は遅々として進まなかった。ゲーム、音楽、ニュース、天気のチェックだってスマホがないと始まらない。

こういうとき本好きの子なら喜んで図書室に駆け込むのだろうが、その気になれなかった。図書室には山ほど本があり、面白い作品や夢中になれる本もあるはずだ。だが、どの本を選べばいいのだろう？ 本がありすぎて自分がなにを読みたいのかもわからない。本棚の前で途方に暮れる自分の姿がありありと想像できる。

「せめてマンガがあったらなあ」

小学生と同じ発言をしていることにも気づかず、アンは溶けかけのアイスクリームのように受付に潰れた。

建物の外から鳥のさえずりが響き、カチコチ、と古い柱時計が時を刻む。少し色褪《いろあ》せた赤い絨毯。年季の入った柱と壁。視線を右に転じれば、半円形の採光窓のついた玄関の大扉が見える。百余年。時代の香りがたちのぼるようだ。

ドアの向こうは真夏の日差しに白く輝いていた。庭園は無人だ。絵画教室の生徒は昼前に帰り、明日の同じ時間に写生の続きに来る。

明日こそ、と思う一方で気が重くなる。

今日の失敗を繰り返すだけかも。また冷たい目で見られるの、嫌だな……。

ギイッ、とドアが開閉する音が響き、アンは顔を跳ね上げた。誰かいる。机に突っ伏している間に通り抜けたのだろうか。

受付を出て廊下を進むが、人影はなく、どの扉もきちんと閉まっている。

気のせいだったたか、と首をひねりながら受付に戻り、ぴたりと足が止まった。

カウンターに本が置かれている。

席を離れたときはなかったものだ。あたりを見回すが、やはり誰もいない。

アンは受付に置かれた本に手を伸ばした。文庫本だ。表紙には楽器のケースを持った少年少女の後ろ姿が描かれている。タイトルは――

「『クローディアの秘密《ひみつ》』?」

秘密、という言葉に好奇心をくすぐられた。

受付の椅子に座り、ぱらぱらとページを捲る。文字が大きく、ひらがなが多い。

「なんだ、子ども向け。私には幼すぎるな」

本を閉じようとしたとき、足に柔らかな毛並みが触れた。ジンジャーオレンジの猫がもぞもぞと椅子の下をくぐり、アンの膝に飛び乗った。

「ワガハイ? こんなとこにいたの」

ぽっちゃりペルシャは「ナー」とだみ声で鳴き、膝の上でくるくると回った。

「まさか、これ置いたのワガハイ? この本読んで勉強しろってこと?」

丸まろうとしたようだが、ぽってりした尻が膝に乗りきらず座面に落ちた。ワガハイは気にするそぶりもなく、ずり落ちた膝掛けみたいな体勢で寝息をたてはじめた。

呆れた、日中のワガハイって普通の猫みたい。

膝で眠られては身動きが取れない。アンはやむなく本を開いた。身が入らないまま斜め読みしていると、とある一文に目が吸い寄せられた。

〝むかし式の家出なんか、あたしにはぜったいにできっこないわ、とクローディアは思っていました。かっとなったあまりに、リュック一つしょってとびだすことです。〟[1]

主人公のクローディアは十一歳と十ヶ月。四人兄弟の長女で、唯一の女の子だ。

彼女だけが家事を手伝うよう言われ、弟たちは遊んでばかり。優等生でいることや不公平な家のルールにうんざりしたクローディアは家出を決意する。

「へえ」

家出してやる！　アンも何度そう考えただろう。父の太一のマイペースさは筋金入りだし、母の千冬とは未《いま》だに距離感が掴めない。

居場所がない。ここじゃない。息苦しい。どこかに行ってしまいたい。

漠然とした虚《むな》しさを抱えながら家出を実行してこなかったのは、冷静になってしまうからだ。家を飛び出しても野宿できないし、知らない大人に声をかけられるのは怖い。それに太一が悲しむことはやっぱりできないと思ってしまう。

ところがクローディアは強かった。冒頭の宣言どおり、カッとして家を飛び出すことなく綿密な計画を立て、弟のジェイミーを連れて快適で素晴らしい家出先に逃げ込む。彼女が家出したのはメトロポリタン美術館。アメリカ屈指の大美術館である。

美術館に？　どうやって。忍び込み方は。夜はどうするの？

アンの疑問に答えるように守衛のかいくぐり方や隠れ方の指南が記される。突拍子もない家出先にも驚いたが、クローディアの芯の強さには目を瞠るものがあった。

美術館での生活描写を読むうちに、あくびが出た。続きが気になるが、ワガハイの寝息に眠気を誘われる。うつらうつらとしながら文章を追い、そして——


「いたっ！」

突然、針で刺されたような痛みが腿《もも》に走った。

「居眠りとは感心しないねえ」

膝に小さな頭をのせた猫がニャヒヒと笑う。

ワガハイがしゃべってる……あっ、しまった！

午後の光が射すレトロな受付にいたはずが、あたりは霧のたちこめる書棚の荒野に変わっていた。カウンターと椅子があるものの、毛羽立った絨毯の先に玄関はない。

「またやっちゃった……」

迷宮に入ってしまった。図書館で居眠りすると危ないともみじが注意してくれたが、早朝の庭仕事と本を貸し出すことへの緊張で、想像以上に疲れていたらしい。

ワガハイがカウンターに飛び移り、ご機嫌な様子で後ろ脚を伸ばした。

「さあて、行くとしようかね」

「どこに？」

「決まってるだろ、〈司書の書斎〉へ〈名簿〉を取りにさ」

3

メエエ、モー、ヒヒン。牧場さながらに動物の鳴き声が霧に響く。しかし迷宮にいるのは動物ではない。霧から飛び出したのは脚の生えた綿菓子のような本だ。

「待てってば！」

追いかけるアンを嘲笑《あざわら》うかのように〈先祖返り〉がぴょこぴょこと通路で跳ねる。完全にばかにされている。だが余裕でいられるのもここまでだ。

袋小路《ふくろこうじ》に気づいた綿菓子本が急ブレーキをかけた。

「もう逃がさないんだから――――うわっ⁉」

追い詰めたと思ったのも束の間、〈先祖返り〉はくるりと向きを変え、アンの頭を蹴って書棚の上に跳んだ。しかし高さが足りない。羊本がバタバタと棚板を蹴るので衝撃で書棚がぐらりと揺れた。

あっ、倒れるかも――

嫌な予感がした直後、書棚が大きく傾いた。

とっさに腕で頭をかばってしゃがむと、書棚は通路向かいの書棚に激突した。

化石化した本がばさばさと降る。倒壊は連鎖し、書棚のドミノ倒しに発展した。

「ひええっ!」

書棚が倒れる音が地鳴りのようにこだまする。命からがら通路を走り、舞い上がるカビと埃の中を突っ切る。

通路の先に光が見え、アンは転《まろ》び出《で》るようにして開けた場所に倒れた。

「助かった……!」

もう一歩も動けない。呼吸を整えていると、頭上から猫のしゃがれ声が響いた。

「へなちょこ、へたっぴーの、ぺーぺー子ちゃんめ」

言い返したいところだが、その元気もない。

またしても羊の〈先祖返り〉に逃げられてしまった。必要なのは〈名簿〉なのに、こんな調子では何年かかってもキャビネットを開けられそうにない。

息も絶え絶えに絨毯に横たわっていると、傍らを灰色の幽霊たちが通り過ぎた。

色も形も溶けた幽霊を眺めるうちに昨日読んだ『荘子』のことを考えていた。

「荘子はいないのかな……せっかく読んだのに」

「そりゃ、司書の想像力は迷宮を守るためのものだからな。見習いの小娘ちゃんがいくら〈モミの木文庫〉を読もうと迷宮の栄養にはならないね」

「そうなの?」

寝転がったまま訊き返すと、猫は呆れ顔になった。

「だから本を貸し出せと言ったんだ。ニンゲンに蔵書を読ませろ、想像力をかきたてさせろ、楽しい読書じゃなきゃだめだぞ」

「結局そうなるんだ……あれ？　ねえ、だったらなんで受付に本置いたの？」

「ン？　なんの話だい」

受付に『クローディアの秘密』が置かれていて、直後にワガハイが来たと話す。

ぽっちゃり猫はやれやれと言わんばかりに首を横に振った。

「オレ様をよく見ろ。こんなにキュートな猫ちゃんがカリカリより重いものを咥《くわ》えられると思うかい？　高貴なオレ様がそんなはしたないことするもんか」

アンが冷たい視線を向けても猫は誇らしげだ。それから急に訳知り顔になった。

「ははーん、わかったぞ。セージだな」

「あの人がどうして？」

「その小説、小娘ちゃんと共通点があったんじゃないか？」

「…………それは、まあ」

図書屋敷に来たアンとメトロポリタン美術館に家出したクローディア。家を出て公共施設で暮らす境遇に親近感を覚えなかったといえば嘘になる。

「あいつはあいつなりに小娘ちゃんを気にかけてるのさ」

「そんなはずないよ。あの人、私に迷惑してるから」

ルールを破って迷宮に入り、昨日も怒られたばかりだ。初日から帰れと言い放った
セージがアンを追い出すことはあっても、気にかける理由はない。

「それよりいまはキャビネットの鍵だ。〈先祖返り〉を探しに行くぞ。小娘ちゃんは見習いでも司書なんだ、想像力を使いこなせばパパッと捕まえられる」

「どういうこと？」

「迷宮の仕組みを教えたろ。オマエにとってここは夢と同じ。夢の中なら瞬間移動も空を飛ぶのも自由自在。想像すればいい。それで小娘ちゃんのしたいとおりになる」

「そんな簡単にいくかな」

猜疑心《さいぎしん》たっぷりの視線を返すと、猫はケッ、と喉を鳴らした。

「図書迷宮は本の夢から生まれた世界。その本を生み出したのがニンゲンだ。だから想像力を持つ司書は迷宮で最強なのさ。腕利きの司書が操る強靭《きょうじん》なイメージの前では偉大な悪魔のオレ様でさえ歯が立たない。まったく忌々《いまいま》しいね」

眉唾ものだが、思うだけで叶《かな》うなら試してみる価値はある。

でも急になんでもできるって言われてもな……あ、そうだ。

アンはその場に座り、三つ編みのゴムを外した。生え際に近い編み目に指を入れ、毛先に向かって髪を解《ほど》きながら念じる。さらさら。つやつや。トリートメントのＣＭみた

いに柔らかくて細くてきれいな黒髪ストレート。

強く強く念じると、指触りが変わった。腰のない癖毛が絹のような質感に変わり、三つ編みを解く動きに合わせて輝く黒髪へと変化する。

「おー！」

艶やかな黒髪を払うと、天使の輪ができた。腰に届く長い髪はトリートメントのＣＭさながらの美しさだ。感動していると「ブーッ！」と猫が吹き出した。

「ニャハハ、なんだいそれ！」

「ちょっと⁉」

「いや失敬、噴水みたいでバフッ、ウニャハハハ」

ずっと憧れてたから少しやってみたかっただけなのに。

ムッとして猫の毛に触れる。とたんに猫は感電したみたいに飛び上がった。

「痛たたたっ！　なにするんだ、やめろ！」

「え、痛いの？」

「痛いに決まってるだろ！　いいか、変身の魔法を自分に使うのはいい、相手に望まれて力を貸すのもな。だが勝手に体をねじ曲げるなんて一番やっちゃだめだ！」

「そうだったんだ、ごめん……くふっ」

謝ったものの、堪《こら》えきれず吹き出した。

ワガハイは全身の毛がカールし、音楽室にあるバッハの肖像画のようになっていた。しかつめらしい顔まで肖像画そっくりだ。まさに猫版バッハ。

アンが大笑いすると、猫は体をぶるぶると振ってカールを吹き飛ばした。

「にゃにゃにゃーっ！　そこに直れ、小娘！」

怒鳴りかけたワガハイだが、その耳がぴっと横を向いた。

「チッ、ナマイキ小僧のお出ましか」

霧に霞むドミノ倒しで崩れた書籍の山の向こうに人影が浮かぶ。まもなく、端整な顔立ちの〈著者〉の少年が現れた。

もみじと目が合った瞬間、アンはつやつやの黒髪が恥ずかしくなった。顔からボッと火が出て——比喩ではなく本当に顔から火が出て、毛先まで跳ねた。

「なにかご用ですかね、作家大先生」

ワガハイが嫌みたらしく言うが、もみじは動じない。

「すごい音がしたから来てみれば、やっぱりワガハイの仕業か。どうしてこんなことをするんだ、アンを巻き込むな」

「ケッ、小僧だって本当は小娘ちゃんが来て嬉しいんだろ。〈著者〉のオマエはなんにもできないからな。それとも主の代わりに働くオレ様を責めるのかい？　そりゃないだろ、こんなキュートで健気《けなげ》な猫ちゃんがいることに感謝してほしいくらいだ。だいたい迷宮がこうなったのは誰のせいだ？　ポンコツ小僧に迷宮――ウニャ⁉」

もみじが指先で空を切ると、白い蝶がワガハイの眼前を横切った。

猫のヒゲがぴんと張り、金の瞳は蝶に釘付けだ。

「フ、フン……その手には乗らないからな、ぬぐっ」

蝶の動きに合わせ、ぽってりした尻がうずうずと揺れる。

無関心を装えたのは数秒だ。ワガハイはカッと目を見開いて蝶に飛びついた。

「ずるいぞ、もみじ！　うりゃ、猫の本能に訴えるなんてあうっ、にゃにゃ」

ハアハアしながら目を爛々《らんらん》と輝かせてじゃれる。リリリン、と鈴を転がしたような音を響かせて飛ぶ蝶を追って猫は恍惚《こうこつ》の叫びをあげて走っていった。

「まったく落ち着いて話もできない……あれ？　髪、戻しちゃったんだ？」

もみじに訊かれ、アンは挙動不審になった。顔から火が出た衝撃で三つ編みに戻っていたが、ばかなことをしているのをしっかり見られていたらしい。

「似合ってたよ、黒髪ロング。いまの三つ編みもすてきだ」

まっすぐに褒められ、ますます面映ゆくなる。

少年は線が細く、美少女と間違えそうなくらい端麗な顔立ちだ。恰好《かっこう》よくて、優しくて、頭もよくて。アンにないものを全部持っている。

……って、比べちゃいけないよね。『荘子』で学んだ大切なこと。

気を取り直して顔を上げると、鼻先が触れるほど近くに端整な顔があった。

「わっ⁉ どうしたのもみじ君」

びっくりして後ろに下がるが、空けた分の距離をもみじが詰める。

近くない……⁉

どぎまぎするアンを後目に少年は目を閉じ、深く息を吸った。そして。

「やっぱりそうだ、ドクショしたでしょ！」

「ドク…………ん、どく、しょ？」

「アンから物語の香りがするんだ。この本は歴史と文化、それに爽やかな冒険の香り。あとは……ココア？ 作中にスイーツ出てこなかった？」

「え？ ああ……出てきた、かも。『クローディアの秘密』っていう小説で」

答えたとたん、黒い瞳がぱあっと輝く。

「じゃあ、ホット・チョコレートサンデーだ！」

そうだった、もみじ君ってこういう人だ。

大の本好きで四六時中、本に夢中。ワガハイが〈著者〉は変わり者が多いと言っていたのもうなずける。

「『クローディアの秘密』どうだった？」

前のめりで訊かれ、アンは苦笑した。

「まだ最初のほうだよ。美術館の暮らしが始まったところ。面白いけど……ところどころ読みにくいっていうか、わからない描写があって」

「そうかもしれないね。一九六七年に発表された作品だから」

「そんな昔なの？ でも全然古くないよ、女の子だからって家事やらされたり、退屈な毎日に飽き飽きしてたり。そういう不満があるのに変われない自分を嫌だなって思う感覚も、すごくわかる」

率直な感想を伝えると、もみじの理知的な瞳がきらりと光った。

「作者はエレイン・ローブル・カニグズバーグ。ニューヨーク生まれの児童文学作家だよ。『クローディアの秘密』は彼女が自分の子どもたちとピクニックに出たときに着想したんだ。現代っ子が家出するならどこに行くか、想像力を膨らませてね」

「だから家出先がメトロポリタン美術館なんだ」

「うん、おしゃれで快適そうでしょ！ ニューヨークにあるメトロポリタン美術館は大英博物館やルーヴル美術館に並ぶ世界的な美術館なんだ。一日でまわりきれないくらい大きくて、いつも賑わってる。当時もすごい混雑だったはずだよ」

「そんなに大きいんだ……そっか、五十年以上前に書かれた本だから防犯カメラとかセンサーが出てこないんだ。読んでて変だなって思った」

「いま展示品に隠れるなら入念に下調べしないとね。警備員よりカメラの数と向きがネックだと思うんだ。隠れるのもマイナーな展示がいい、たとえば――」

まじめな顔でどう忍び込むか考察する姿にアンは小さく笑った。

「そんなふうに読んでたんだ。楽しそうだね」

「わかる!? そうなんだ、『クローディアの秘密』はすごく楽しい本なんだ！ よかったら続きも読んで。退屈しそうだったら動画サイトがお薦めだよ。メトロポリタン美術館が公式に館内の動画をアップしてるんだ。クローディアとジェイミーがどこに隠れたかわかるし、ふたりが目にしたのと同じ展示品を見られるかも、すごくない!?」

着眼点を褒めたつもりが、物語に興味を持ったと思われてしまった。しかし楽しそうなもみじを見ていると、わざわざ訂正する気持ちはなくなった。

アンが最後まで読むと約束すると、少年はとろけるような笑顔を見せた。それから、ふとその表情が曇った。

「ワガハイのこと責められないな……」

「どうかした？」

「アンと話せるのはすごく楽しい。だけど……やっぱりもう迷宮に来てはだめだ。ここでケガをすれば現実でもケガをする。命の危険だってあることは前にも話したね」

「でもこのままじゃ迷宮が滅んじゃうんだよ、もみじ君だって」

消えてしまう。その言葉は怖くて口に出せなかった。

端麗な少年は長い睫毛を伏せ、首を横に振った。

「迷宮が消えるならそういう運命なんだ。アンが危険を冒すことはないよ」

「そんなことない、司書がいれば防げるかもしれないんだよ」

「それはセージの仕事だ」

硬い声がぴしゃりと空気を打つ。もみじは暗い眼差しで呟いた。

「あいつが自分の役目をまっとうできないのが悪い。あいつが未熟なせいで迷宮はこうなった。全部あいつの責任だ、あんなやつのためにアンが苦労することないんだ」

強い非難にアンは少なからず戸惑った。優しいもみじがこれほど厳しいことを言うなんて、セージとなにかあったのだろうか。

「とにかく迷宮から離れて。ワガハイの口車に乗っちゃだめだ」

「違うよ、私が決めた。ここに来ることも、司書見習いになることも」

「どうして！　さっきも危ない目に遭ったばかりじゃないか。司書なんてだめだ、アンはなにもしなくていい、安全なところにいないと君の家族だって心配する！」

優しい言葉が鈍く心をえぐる。それはなにをしても同じだからか。君では力不足だ、どうせなにもできない――気遣いの陰にそんな声が聞こえる。

「……やっぱり私じゃ頼りないよね。なにをやってもだめだったし」

少年は目を白黒させた。

「なに言ってるの？　アンはすごい子だよ！　怖いはずなのに迷宮に戻ってきてくれた、それもぼくたちのために。司書のことは賛成できないけど、アンは行動力があって勇敢だよ。素直で思いやりがあって笑顔もすてきだ！」

アンは虚を衝かれた。次の瞬間、全身が猛烈に熱くなり、慌ててうつむいた。

頰どころか耳まで真っ赤になっているのが自分でもわかる。

すてきな男の子に曇りのない目で力いっぱい褒められる衝撃は凄《すさ》まじい。舞い上がりそうなほど嬉しいのに、恥ずかしくて居たたまれない気持ちになる。

「そ、そんなに言ってくれるのに、なんで司書はいけないの」

「いけないというか……いまのアンには難しいと思う」

「どうして？」

今度はもみじが言葉に詰まった。黒曜石のような瞳が揺れる。

やがて少年は意を決した顔つきでアンを見た。

「君は、自分の失敗を期待している」

自分の失敗を期待する？

「そんなことない、失敗なんかしたくないよ。ていうか、そんなこと望む人いる？」

もみじは反論を受け止めるようにうなずき、穏やかな口調で続けた。

「ワガハイから迷宮の成り立ちは聞いた？　司書の仕事のことでもいい」

「虫退治とか掃除のこと？　あと想像力を駆使すれば簡単にできるって言われた。迷宮は夢の中に似てるから、司書はなんでもできる最強の存在なんだって」

「簡単にか……間違ってはないね。迷宮では司書が期待したことが起こる。望めばなんでも生み出せるし、地形や天気も思いのままだ。夢の中と同じように心に描いたことが簡単に反映されてしまう。たとえそれが無意識の期待でも」

「無意識の、期待……？」

「アンはこれまで迷宮で危ないって思うことはなかった？」

「たくさんあるよ！　初めてもみじ君と会ったとき大きな虫に追いかけられたでしょ、昨日は角の生えた本に体当たりされたし。〈先祖返り〉が本棚をのぼって危ないと思ったら、やっぱり本棚がドミノ倒しになって」

「それ、本当にその順番？」

「え？」

「初めてぼくと会ったとき、アンは紙魚から逃げきれないと言ったね。実際、ずっと追いかけられた。〈先祖返り〉に体当たりされる前はどんなことを考えてた？」

「どんなって……怖いなって。こっちに向かって来そうって思ったらそうなって」

「じゃあドミノ倒しが起きたときは？　本棚が倒れてびっくりした？」

「焦ったけど、驚きはしなかったかな。倒れるかもって思ったから」

「つまりアンが想像したとおりの展開になった」

アンは少し考え、目を瞠った。

「本当だ……！　迷宮に来てから私の嫌な予感がすごく当たってる！」

「逆だよ、こうなるんじゃないかと思ったことが起こる。思い浮かべたことはいいも悪いもなく、望んだとおりになる。不安は悪い願望、期待の一種なんだ」

「……ええと、どういうこと？」

「思い出してみて。危ない目に遭ったときだけじゃない、うまくいかないことや怖いことが起こる直前。アンはそうなるんじゃないかって心配したはずだ」

そんなはずは、と答えかけて絶句した。

紙魚やヤギの〈先祖返り〉に出くわしたとき、恐ろしく感じた。どんなに綿菓子本を追い詰めても最後は逃げられる気がする。またミスするんじゃないか、うまくいかないんじゃないか――――不安が常につきまとう。

「じゃあ、私が原因……？　私の心配とか不安がよくないことを引き寄せてる？　まさか〈先祖返り〉が全然捕まえられないのは」

もみじが無言でうなずくのを見て、愕然とした。

不安は期待の一種。アンは知らず知らずのうちに自分の失敗を期待していたのだ。

「もちろん想像しただけで紙魚が小さくなったり〈先祖返り〉が強くなったりはしない

よ。だけどアンには影響する。うまくいかない、失敗するんじゃないか。そんなふうに思えば思うほど、よくないことを引き寄せる」

「不安になるなってこと？　心配もネガティブもだめなんて、そんな」

いったい、どうやって。不安や恐れは無意識に湧き起こる。とっさに感じる心の動きや無意識を制御するなんて不可能だ。

助けを求めるようにもみじを見たが、少年は悲しそうにかぶりを振った。

「どうにもならない。図書迷宮の性質なんだ。ここは魔法みたいな力がある楽しい世界じゃない。心の奥底の不安をすくいとって牙を剝く、危険な場所だ。迷宮の司書は心のコントロールを学ぶのに何年もかけるのに、ワガハイは君に一言も説明しなかった。命懸けで実践なんてひどすぎるよ。なにか起きてからでは遅いんだ」

だからもみじ君、迷宮に来ちゃだめって何度も言ったんだ。

忠告を軽んじたつもりはない。危険を承知した上で力になりたいと思っていた。だがいまの話は危険の質が段違いだ。自分の気持ちの揺れひとつが生死に直結する。繊細な問題だからこそ、もみじもこれまで軽々しく口にできなかったのだろう。

「迷宮とぼくたち〈著者〉のこと、本気で心配してくれてありがとう。もう充分だ。ケガをしないうちに迷宮から離れて。お願いだ」

少年の切実な眼差しを前に、アンはなんの言葉も返せなかった。

§

『ご用の方はボタンを押してください』

視界を占める立て札にアンは現実に戻ったことを知った。

体を起こし、眠たい目をこする。膝で寝ていたはずのワガハイの姿はなく、代わりに『クローディアの秘密』が落ちていた。

時刻は午後一時三十分。体感より時間が経っていない。おぼろげに感じていたが迷宮と現実とでは時間の流れが異なるようだ。まさに夢から覚めた感覚に似ている。

あのあと、もみじが白亜の大扉まで送ってくれたが、会話はなかった。

「……………私は自分の失敗を期待してる」

悪い予感は期待の一種。これまで迷宮で遭った散々な出来事はアンの不安や失敗を恐れる気持ちが引き寄せていたのだ。だがわかったところで対処のしようがない。

緊張するな。失敗するな。いくらそう思っていても、弱い心は考えるより先に悪い未来を描く。無意識を変えるなんてできるわけがない。

「ああっ、またくよくよしてる！　こういうところがいけないんだ」

アンは頭を抱え、勢いよく椅子から立った。

「運動、体動かそう！　掃除でもすれば気がまぎれるし、本もきれいになるし」

屋敷と迷宮は表裏一体。屋敷が清潔になれば迷宮のどんよりした空気も少しは晴れるかもしれない。虫干しならリッカから教わったので一人でできる。

そう思って作業に取りかかったが、思わぬ落とし穴が待ち受けていた。

「おかしいな……うーん？」

風通しをよくするために窓を開けたいのだが、開け方がわからない。

ガラスが上下に並び、さらに手前に別のガラスがもう一組。二重構造だ。上げ下げ窓のようだが木枠が歪んでいるのか、持ち上がらない。

隙間に両手の指を差し込んで縁にひっかけ、渾身《こんしん》の力で押し上げる。すると、

「わっ⁉」

縁から手が外れた。勢い余ってよろけ、後方の本棚に後頭部を打ちつける。

ゴッ、と鈍い音がして、目の奥に火花が散った。痛いなんてものではない。アンは声も出ず、涙目でうずくまった。奇妙な音が聞こえたのはそのときだ。

ギギギ、と獣のうめきのような低い音が天井から降る。

音のほうを仰ぐと、思わぬ光景が目に飛び込んできた。

オーク材の立派な本棚は天井に届くほど大きい。どっしりとしていて多少の衝撃で倒れることはないだろう。そのはずが、巨大な本棚がアンのほうに傾いていた。

すべてがスローモーションのようだった。

上段から書籍がこぼれ、本棚が壁のように視界いっぱいに落ちてくる。迷宮と屋敷は表裏一体。〈先祖返り〉。綿菓子本。書棚のドミノ倒し——走馬灯のように迷宮の光景が重なる。なにが起きたか理解した瞬間、アンは衝撃にのまれた。

どさどさと本が数冊床を打つ。

しかし、それだけだ。書籍が雪崩を起こす音も、本棚が床にぶつかって轟音《ごうおん》を響かせることもない。奇妙な無音の中、アンは自分にかぶさった影を見た。

大きな手が落下物からアンの顔を守っていた。いや、顔だけではない。

セージがアンを抱え、背中で傾いだ本棚を受け止めている。

その顔は苦痛に歪み、額や首筋に血管が浮いている。

なんでここに籾さんが？　呆《ほう》けた頭にどうでもいい疑問が浮かぶ。

青年が歯を食いしばり、渾身の力で本棚を押し上げた。人より遥かに大きな本棚はびくともしないかに思われたが、少しずつ頭上が明るくなっていく。

鈍い音を響かせて本棚が元の位置に収まると、セージは息をついてアンから離れた。

青年の体温が離れた瞬間、守られていたのだと強く感じた。

とたんに恐怖が押し寄せ、膝が震え出した。もしセージがいなかったら。本棚に押し潰されていたら。

アンは真っ青になってセージを振り返った。

「だ、大丈夫ですか、ケガは――ああっ⁉　顔に傷が！」

「…………これはおととい、猫にやられた」

青年が呟いたが、半ばパニックで耳に残らなかった。

セージにケガをさせてしまった、大切な本まで床に散乱している。

「ここは俺が片付ける」

「いえっ、私が」

「だめだ！」

厳しい一喝に、びくっと身をすくめた。

「なにもするな。頼むから」

低く、うなるような声。髪の間から覗くきつい三白眼が底光りしている。

「…………ごめんなさい」

アンは震えながら頭を下げ、逃げるように図書室を飛び出した。

セージが怖い。痩せた狼のような風貌も不機嫌な声も、涙が出るほど恐ろしい。だがセージは身を挺《てい》して守ってくれた。本棚に潰されかけて平気なわけがない。

内扉を抜けて住居に駆け込むと、ダイニングでくつろぐノトを見つけた。

「ノトさん！　救急箱っ、湿布とかありますか！」

息せき切って経緯を説明する。迷宮でドミノ倒しが起きた影響だと知らないノトは本棚が倒れかけたと知って心底驚いていた。

救急箱や氷嚢《ひょうのう》を用意してノトと図書室に戻る頃には十分が過ぎていた。

セージの姿はなかった。床に散乱した本は本棚に収まり、埃ひとつ落ちていない。周辺を探したが、気難しい図書屋敷の主はどこにもいなかった。

「なにやってるんだろ……私」

〈先祖返り〉は捕まえられず、未だに〈名簿〉を手にできない。虫干しひとつ満足にできない上に余計な仕事を増やした。セージが怒るのも当然だ。

「もー、どこ行っちゃうかねセージ君は。行き違いかな」

首をひねりながら丸眼鏡の男性が向かいの図書室から出てきた。ノトは青い顔をしたアンに気づくと「大丈夫、セージ君ならへっちゃらだよ」と慰めてくれた。

しかしその日の夕食に青年が現れることはなかった。昼夜逆転した生活を送るセージが顔を出さないのは珍しいことではないそうだが、アンは責任を感じた。

「あとで様子を見てくるから、心配いらないよ」

「本棚の点検もしたほうがいいね。アンちゃん、教えてくれてありがとう」

ノト夫妻は優しい。どんなときも物事のよい面を見つけて褒めてくれる。

ふたりの優しさにアンは沈む気持ちを隠して笑顔を返した。

4

翌朝は憂鬱な目覚めだった。

迷宮に行くべきじゃない。頭ではわかっていた。だが屋敷の存続を思うとベッドから抜け出していた。日中の失敗を取り返したい。そんな焦りがあったのも事実だ。

結果、当然のように失態を重ねた。

図書迷宮はアンの〝期待〟に応えた。〈先祖返り〉にはことごとく逃げられ、絨毯は沼に変わり、通路は迷路に変化する。焦れば焦るほど失敗し、不安な気持ちがトラブルを呼び込んだ。しまいには巨大昆虫の紙魚まで寄ってきてしまい、「今日は休め」とワガハイに大扉へ追い返されてしまった。

おかげで長く眠れたが、目覚めても体はだるく、心が重い。寝癖で爆発した髪をきつく三つ編みでまとめ、ノト夫妻とおいしい朝食を囲んでも気分は晴れなかった。

もう、諦めたほうがいいのかな……。

そう思う一方で、屋敷の現状を無視できない自分がいる。ぐずぐず考えるうちに絵画教室の生徒が来る時刻が迫っていた。答えが出ないまま内扉を抜けて〈モミの木文庫〉に入る。赤い絨毯の角を曲がったところで、アンはぎくりとして足を止めた。

受付にセージの背中が見えた。

機材のチェックをしているのか、カウンターに積んだ本を読み込ませている。

回れ右をして逃げ出したい気持ちと昨日のことを謝りたい気持ちがぶつかった。アンは体の前で両手を握りしめ、足を前に踏み出した。

「お、おはようございます」

返事はなかった。威圧的な背中になけなしの勇気は一瞬でしぼんだ。

沈黙が落ちる。しん、とした空気が痛い。

「俺は、元気だ」

唐突に声が響いた。

しかし青年は背中を向けている。空耳かと思ったとき、ぼそぼそと言葉が続いた。

「ノトさんから、心配させてると聞いた。俺は……体がでかい。気にするな」

ノトさん、話してくれたんだ。アンはいくらかほっとして口を開いた。

「昨日は本当にすみませんでした。助けてくれてありがとうございました」

頭を下げた姿勢でちらりと窺《うかが》うと、青年がうなずくのが見えた。だがセージは無言のまま、また作業に戻ってしまう。

やはりセージが苦手だ。どう接していいかわからない。

「本は好きか」

いきなり訊かれ、アンは目をぱちぱちさせた。話しかけてくると思わなかった。ていうか、なんでその質問？　不思議に思うが尋ね返す勇気はない。

本が好きかどうかなんて、考えたことなかった。

アンは読書家ではない。話題になった小説や課題図書を読むくらいだ。しかし自宅にはたくさんの本があり、小さな頃は寝る前に太一がいつも読み聞かせてくれた。

そうだ。本、嫌いじゃなかった。好きだったくらいなのに。

どうしてだろう、と記憶を遡り、ある光景が脳裏に弾けた。

「大きなカブ」

無意識に呟いてから、しまった、と口を押さえた。だが目つきの悪い青年に聞こえてしまったらしい。鋭い眼差しに負け、アンはしぶしぶ説明した。

「『おおきなかぶ』って絵本、知りませんか？　おじいさんがカブを抜こうとするけど抜けなくて、おばあさんが来て、犬と猫も来て、みんなでカブを抜く話です」

有名なロシア民話で、日本では絵本で親しまれている。

「小一のとき授業でその本が出たんですけど、誰が一番力持ちかって先生に訊かれて。私はカブだって答えました。そしたら先生が笑い出して」

カブは植物だ。地面に埋まってるから、力持ちとは言わないよ。

まったくの正論だ。だが一年生のアンはカブが一番の力持ちだと思った。先生に否定され、クラス中から笑われ、とても悲しい気持ちになった。

あれから、なんとなく本が苦手だ。

自分の考え方がみっともない気がして。人と違う感じ方をするのが恥ずかしいことのように思えて。隠しておかないと仲間はずれにされる。また間違えてしまう。

鼓膜にSNSの通知音が蘇る。小学生の頃のことばかりか数年前の嫌な記憶まで刺激され、胸が苦しくなった。アンは耳をきつくつねった。

「俺はネズミだ」

ふと、セージが言った。

「ネズミが一番力持ちだ。最後に登場するのもヒーローっぽい。いまもそう思う」

「いまも？」

びっくりして訊き返した。大人なのに、そんな答えがあっていいのだろうか。

その疑問が聞こえたかのように青年は呟いた。

「答えはひとつじゃない……正解なんて初めからないんだ。いろんな考えや、ものの見方があっていい。本は、自由だ」

セージは分厚い本を小脇に抱え、アンを振り返った。

「ついてこい」

「えっ」

強面の青年が玄関へ向かう。アンは二の足を踏んだが、結局あとを追いかけた。

セージは庭に下りず、建物沿いの小径に入った。石畳の細道の両脇に色とりどりの植物が揺れる。つるバラのアーチを抜けると急に視界が明るくなった。

目に飛び込んできた光景にアンは息をのんだ。

低木と四季の花に囲まれたささやかな広場で、正面に柔らかな黄緑の葉を茂らせた古木がある。その梢《こずえ》の下に金属製のスウィングベンチがあった。

「わあ……」

吸い寄せられるようにベンチへ向かうと、サイドテーブルに自家製コーディアルとタブレット端末、さらに『クローディアの秘密』が重ねられている。

びっくりして青年を振り返ると、セージは小径に戻ろうとしていた。

「あの！　この本……籾さんが用意してくれたんですか？」

青年はうなった。いまのは〝はい〟なのか〝いいえ〟なのか。

「………一人になりたいときは、ここを使うといい。そのタブレットも好きにしていい。だから……頑張りすぎるな」

アンは驚きを隠せなかった。初日の態度からしてセージがアンを煙たがっているのは間違いない。それでも気にかけ、見守っていてくれたのだ。

小径に消えかけた背中に「ありがとうございます！」と叫ぶと、青年の横顔に笑みが浮かんだ気がした。

柔らかな風が吹き、植物がさらさらと心地よい音を奏でる。

「答えはひとつじゃない、いろんな考えがあっていい」

セージにもらった言葉を唱えると、心の中に小さな明かりが灯《とも》るようだった。

カブだと答えて笑われた幼い頃の自分が、少しだけ救われた気がした。

金属製のスウィングベンチは古いものだった。壊れないか心配したが、座ると安定感がある。揺らしても平気だとわかり、胸が弾んだ。

タブレットの電源を入れると、ディスプレイにスライドショーが現れた。巨大神殿のような石造りの建物に続いてマップが表示され、その隅に『メトロポリタン美術館』の文字を見つけた。画面をスワイプすると、噴水、花の飾られたエントランス、古代エジプト神殿が映し出される。天蓋付きベッドが表示されたとき、アンは歓声をあげた。

「やっぱり！　このスライドショー、全部メトロポリタン美術館なんだ」

『クローディアの秘密』の舞台が目の前にある。文章ではわからない細部も画像では一目瞭然だ。クローディアとジェイミーがここを歩いたのかもしれない。そう思うと作品世界がぐっと身近に感じられ、俄然、小説の続きが気になった。

タブレットをテーブルに立て、本を開く。読みかけのページを見つけると、苦もなく物語の世界に戻ることができた。

家での待遇が不満で家出したクローディアだが、美術館で暮らすうちに心境は変化していく。その日暮らしの楽しい冒険の日々は天使像の登場によって大きく動いた。やがて像に隠された謎と秘密に迫っていき……。

クローディアはなぜ家出したのか。少女の心の奥底にあった想いに触れ、夢中でページを捲った。最後の一行を読み終えたとき、感嘆の息がもれた。

この充足感をどう表したらいいだろう。興奮しているのに心穏やかで、しかしじっとしていられず、いますぐ誰かと話したくなるような感覚。

もう一度本を開いて印象に残った場面に戻った。家出を終わりにしようかと話が出たとき、クローディアはつっぱねる。それではキャンプから帰るのと同じだ、と。

〝一日か二日もすれば、あたしたち、もとのあたしたちになっちゃうのよ。あたしはもとのまま帰るために家出したんじゃないの。〟[2]

フィクションの、ただのセリフ。気に留めず読み進める人もいるだろう。だがアンはこの言葉に強く心を揺さぶられた。

ただ座って本を読んでいただけなのにクローディアたちと一緒に長い旅をしたみたいだ。頭がふわふわして、心はまだどこか遠くをさまよっている。

気がつけば日はすっかり高くなり、庭から子どもたちの声が響いていた。

「…………あれ⁉　絵画教室の子たち来てる！」

慌ててベンチを離れ、小径に駆け込む。庭へ出ようとしたところで人とぶつかりそうになった。「すいません！」と謝りながら相手を振り返り、アンは足を止めた。

大きなつばの帽子と品のいい顔立ちに見覚えがある。

あっ、昨日の。思い出したのとほぼ同時に、老婦人が柔らかくほほえんだ。

「よかった、あなたを探してたの」

「私ですか？」

「昨日、荷物を拾ってもらったお礼を言えなかったから。手伝ってくれてありがとう。図書館に誘ってくれたのに変な態度を取ってごめんなさいね」

よかったら食べて、とお菓子の包みを差し出され、アンは戸惑った。昨日、婦人がお礼を言えなかったのはアンが勝手に恥じ入って逃げたせいだ。

いいえ、あの……と口の中でもごもご言っていると、婦人はにこりとした。

「昨日は買い物の帰りだったの。いま車が使えなくてね、久しぶりに歩いたら、まあ遠いこと。若い頃は自転車でぴゅーんだったのよ。年を取るって嫌ね」

ますます返事に困った。婦人ほど年を取ったことがないので、なんと答えていいのかわからない。困惑に気づいてか、老婦人が笑みを深めた。

「本当よ。年を取ると支払いのときにクレジットカードと間違えてポイントカード出しちゃうの。生卵と温泉卵を間違えて買っちゃうし」

「そんな、年齢は関係ないです。私なんか失敗ばっかりで……窓を開けようとして頭ぶつけたり本棚倒したり」

「私はなにもないところでエコバッグ倒したわよ？」

「だけど人に迷惑はかけてません。私は掃除してたときで、余計な仕事増やして」

「私は生姜《しょうが》と辛子のチューブを間違えたわ、殺す気かって家族に――」

婦人は声をとぎらせ、急に笑い出した。

「なに張り合ってるのかしら。おかしいわね、私たち失敗仲間ね」

アンは婦人と顔を見合わせて笑みをこぼした。

それから不思議と話が弾んだ。図書館入り口の石段に並んで座り、おしゃべりする。聞き上手な婦人はアンの身の上話をするする引き出した。籾家に来た経緯に話が及ぶと婦人は目を丸くした。

「ホームステイ？　珍しいのね、そういうのは外国でするものだと思ってた」

「父が海外にいる母に会うために籾さんに私を押しつけたんです。信じられないくらいマイペースなんです。落ち着きとか常識とか、そういうの全然なくて」

「ふふ、困ったお父さんなのね」

「そうなんです、だから私がしっかりしないと。本当になんであんな父なのか」

ぶつくさとこぼすと、婦人が目尻のしわを深くした。

「家族って困ったものよね。私は娘夫婦と暮らしているけど、やっぱり同じように思うことあるわ。家族仲はいいし、不自由しているわけじゃないのよ。ただ……ときどき窮屈で、息苦しく感じる。どこかへ行ってしまいたい気持ちになるの」

アンは虚を衝かれた。大人でもそんなふうに思うんだ。

大人になったら、なんでも自分の好きにできると思っていた。学校も宿題もない、婦人ほどの年齢なら仕事もしなくていいはずだ。

意外な思いで視線を返すと、婦人はぱっと笑顔に切り替えた。

「こんなおばあちゃんがなに言ってるのかしらね。おいしいものが三食食べられて、屋根があるところで眠れるのに。贅沢《ぜいたく》よね、わがままなんて」

胸がざわめいた。いまの反応をアンはよく知っている。

漠然としたその感覚を、拭うことのできない違和感を、ずっと抱えてきたからだ。

「じゃあ、家出しませんか」

我知らず呟いてから、しまった、と思った。だがいまさら言葉は引っ込められない。

さらに「ええっ」と婦人の声がうわずるのを聞いて、語弊があったと気づいた。

「あの、その、逃げちゃえとか放り出しちゃえって意味じゃないです、ええと……さっき本を読んで。女の子の話、両親と三人の弟がいるんですけど、その子だけ家事を手伝わされてて。同じ毎日に飽き飽きして、女の子は弟と美術館に家出するんです」

まあ、と婦人が興味深そうな顔になった。アンは一所懸命説明した。話が前後し、要点がまとまらない。それでもどうにか概要を伝えることができた。

話を聞き終えた老婦人は優しい眼差しをしていた。

「面白い本だったのね。私もあと六十歳若かったら、そんな冒険ができたかしら」

他人事《ひとごと》のようにころころと笑うので、アンは目を白黒させた。

「大人はだめなんですか？」

「え……？」

説明したのは本が面白かったと言いたいからではない。『クローディアの秘密』が婦人にも必要だと感じたからだ。

「主人公は不満があって家出します。でもストレス発散がしたいんじゃないんです、そういう意味もあるかもだけど……もっと大切なこと。退屈な日常から逃げるためじゃなくて、退屈な毎日を変えられない自分を変えるために家出が必要だったからで」

不公平だ。そう不満をこぼしながら現状を変えられない。退屈な日常に飽き飽きしてる。そう文句を言うばかりでなにもしない――そんな、自分を変えるため。

自分の殻を破るための家出には性別や年齢は関係ないはずだ。

「結婚してても、子どもや孫がいても、いっぱいいっぱいになったら家出していいと思うんです。大切なのは逃げ込んだ先でなにをするかで。だから、違った自分になるための家出なら、大人だって、何歳になったって必要じゃないのかなって……」

声はだんだんと小さくなった。なんだか偉そうな言い方だ。

もどかしかった。作品の面白さ。登場人物の心情、その思いに触れて変化した自分の気持ち。伝えたいことはたくさんあるのに、言いたいことをうまく言葉にできない。

途方に暮れかけたとき、声が響いた。

「その本、借りられる？」

帽子の陰の眼差しは真剣だ。気遣いや社交辞令ではない。

伝わった。理解した瞬間、アンは飛び上がる勢いで「はい！」と返事をした。

5

その日の深夜。屋敷のどこかで真夜中を告げる時計の音がした。

ベッドを出ると、お馴染みのエプロンドレス姿になっている。可愛いコスチュームは気分が上がるが、ふとんの中でスニーカーを履いているのはいただけない。

どうにかならないかな、と考えながらドアを開けると、廊下で猫が待っていた。

「ほおー、これはこれは。意外な展開だ」

「なにが意外？」

「昨日は大失態連発だったろ。臆病風に吹かれて、部屋から出てこないと思ってね」

ふうん、とアンは白い蝶を連れて階段を下りた。

「どういう風の吹き回しだい？　おとといナマイキ小僧から迷宮はヤバいって聞いただろ。司書見習いが嫌になったんじゃないか？」

「私がもみじ君と話すの、盗み聞きしてたんだ？」

「まさか！　オレ様は紳士な猫ちゃんだぞ、隠れて見守ってやったのさ」

それを盗み聞きと言う。心の中でつっこみ、歩きながら答えた。

「昼に読んだ小説のおかげかな。私も、もとの私のままでいたくない」

「なんだいそりゃ？」

「もみじ君の言うとおりだったってこと。私は自分の失敗を期待してる。自信がなくて、不安で、悪い展開ばっか考えちゃう。でも……そういうの、やめたい。やめなくちゃ。私が変われば図書屋敷と迷宮を守れるかもしれないんだから」

ノト夫妻も〈著者〉のもみじも、迷宮に干渉することができない。

セージがやらない以上、それができるのはアンだけなのだ。このまま不安に溺れていたら、大切な人たちまで失うことになる。もう悪い未来ばかりを描く自分でいたくない。みんなのために明るい未来を描ける、強い自分になりたい。

「ニヤヒヒ。いいねえ、自分の頭で考えて行動するヤツは嫌いじゃない」

「ワガハイに好かれてもな……」

「にゃにゃっ⁉　かわいくないぞ小娘ちゃん！」

ぷんすかと跳ねる猫を見て笑った。迷宮の入り口はすぐそこだ。

メエエ、モー、ヒヒン。迷宮の深い霧の中に牧歌的な動物の声が渡る。ドタバタと足音がして「待て！」「うわ⁉」と騒々しい声が続く。と、音がぴたりとやんだ。

次の瞬間、通路の霧を裂いて綿菓子のような本が飛び出した。直後をワガハイを肩にのせたアンが走り抜ける。さらに、ドオオン、と霧を蹴散らして巨大昆虫が現れた。

「ひいいいっ！　また出たーっ！」

異様に長い銀の胴とカサカサと蠢く無数の腹肢は忘れたくても忘れようがない。

「あいつの好物は文字だからな。〈先祖返り〉もジューシーなお食事さ」

襟巻きに姿を変えたワガハイが鷹揚《おうよう》に言う。アンの首にぴったりと密着し、どんな激しい動きにも余裕のニタニタ笑いだ。

「ほれ、鍵が食われるぞ。紙魚より先に〈先祖返り〉を捕まえろ。聞いてるか？」

それどころじゃない！　と心の中で叫んだ。

カサカサと音が背後に迫る。書棚に挟まれた通路はうねり、坂になり、ありえない角度によじれている。懸命に走るが体長三メートルの巨大な紙魚はしつこくついてくる。

「どうしよう、紙魚が全然ふりきれないし、本に逃げられちゃう――って、こういう考えがよくないんだ！」

後悔したが遅かった。巨大昆虫が速度を上げ、書棚の側面に飛びついた。アンの真横をかすめて銀色の長い胴が駆け抜け、前方に跳ぶ。

巨体が着地する衝撃と重みで絨毯が大きくたわんだ。

うそ、落ちる!?　不安を抱くと、ばらばらと床板が砕け、絨毯が陥没した。

「あっ!?　だめだめ違う、そうじゃない！」

自分に叫ぶが不安をコントロールできない。足元はさらに崩れ、紙魚を中心に蟻《あり》地《じ》獄《ごく》のような地形に変化していた。

考えるな、不安になっちゃだめ！

強く自制するほど不安に囚われ、崩落が加速する。深い穴の底で紙魚が餌が落ちてくるのを待っている。床板が砂になり、足元が崩れていく。

ああ、だめだ――

絶望的な気持ちになったとき、考えがよぎった。

この状況を作ってるのが私の不安なら、先の展開がわかる？

図書迷宮は願望を叶える。心の奥底に潜む不安をすくいとり、悪い状況を作り出してしまう。だが良《い》いことも悪いことも未来で起こるという点では同じだ。

私が思う最悪は、羊の〈先祖返り〉が紙魚に食べられること。

そう認識した瞬間、アンの上方で事件が起きた。

綿菓子本は蟻地獄の側面を円を描くようにして駆け、脱出しかけていた。その足元がなんの前触れもなく崩落したのだ。バランスを崩した〈先祖返り〉が転げ落ちる。

アンは落下地点に移動した。狙いどおり〈先祖返り〉が腕の中に落ちてくる。

よし、捕まえた――――そう確信したとき、

「絨毯にしがみつけ！　反動が来る！」

突然ワガハイが叫んだ。何事かと尋ねる暇もなかった。陥没した絨毯がいきなりゴムのように弾け、ものすごい勢いで空高くに投げ出される。

アンの想像が切れ、迷宮が元の形状に戻る力が働いたと知ったのは後のことだ。

迷宮の上空には同じく弾き飛ばされた紙魚と〈先祖返り〉の姿もある。

アンはもがくようにして必死に綿菓子本に手を伸ばした。脚をばたばたさせる羊の背表紙を摑んだ瞬間、ぽふんっ、と気の抜けた音がして〈先祖返り〉が書籍に戻った。

「やった――」

喜びも束の間、猛烈な勢いで床が迫っていた。着地まで考えていなかった。

ワガハイが体を膨らませてクッションになっていなければ床に叩きつけられていただ

ろう。一人と一匹は何回もバウンドし、灰色の住人たちを巻き込んで止まった。

ぶーぶーと幽霊たちの苦情が渦巻く。

ワガハイはアンの背中と床の間から這い出しながら語気を荒くした。

「おばかさんめ！　迷宮で死ねばベッドでお休み中の小娘ちゃんもお亡くなりになると教えただろ、オレ様がいなかったらどうする気だい！」

「ごめん、ありがとう、助かった」

腰が抜けて動けなかった。まだ心臓がバクバクと鳴っている。

深呼吸して、手にしたものを見た。薄茶色の、手帳ほどの大きさの本だ。さっきまで跳ね回っていた奇怪な生物とは思えないが、背表紙の形や色に名残がある。

「ふーっ、やれやれだ。本に栞《しおり》が挟まってるだろ。それがキャビネットの鍵だ。これでようやく〈名簿〉を拝めるな」

アンはその場に座り直し、本を開いた。栞はガラス製の長方形で透かし模様が入っている。と、ガラスがとろりと溶け、渦を巻きながら雫《しずく》に変化した。

「これが鍵？　きれい」

真珠の粒のような雫に触れた瞬間、リンゴーン、と巨大な鐘の音が轟いた。

鐘の音は重なり、うなり、増幅し、地鳴りのように迷宮中を震わせる。あまりのうるささにアンは両耳を塞いだ。

「なにこの音！」

「なんてこった……装置が作動した」

ワガハイが愕然とした顔で呟くが、鐘がうるさくて聞き取れない。「なに!?」と大声で訊き返すと、猫は声をはりあげた。

「泥棒よけだ！〈司書の書斎〉には迷宮の秘密に関わる書物が所蔵されてる。司書以外の人間や生き物がキャビネットの鍵を手にすると、書斎は司書にしか行けない場所に移動するんだ。キャビネットの本を盗まれないための防犯装置だ！」

「私、泥棒だと思われてるの！」

「むしろ迷宮に試されてるんだろうな。とにかく行くぞ、急げ！」

アンはポケットに雫を押し込み、本を片手にワガハイを追いかけた。

書棚の通路を抜け、霧に霞む絨毯の通路を急ぐ。鐘の音はいつの間にかやんでいた。

遠くに〈司書の書斎〉の丘を見つけ、「あっ」と声がもれた。

丘には無数の亀裂が走り、ぽっかりと大穴があいていた。その上空に崩れた塔が浮かんでいる。鐘を釣った先端部を下に向け、絡んだ絨毯を引きずりながら浮上している。目を凝らすと、天に近い土台部分に机とキャビネットがあった。

「あんなところに……！　司書なら行けるってそういうこと！」

「ああ、普通のニンゲンの想像力は迷宮の糧になるが、司書は別格だ。想像力を駆使すればどんな高みだろうとひとっ飛びさ」

「………私にもできる？　想像すればいいいんだよね」

「だめだ、自信がないヤツに操れるほど想像力は単純じゃない。オマエのほうがわかってるだろ。とにかく走れ！　運がいい、絨毯が絡んで浮上を阻んでる。間に合うぞ！」

ニャハハ、とワガハイは尻尾を振り立てて通路を駆けた。

アンは息を弾ませて走った。

間に合う。間に合わない。遠くに浮かぶ〈司書の書斎〉が書棚の間から覗くたび、期待と不安がせめぎあう。考えてはいけないと思うのに気持ちを抑えられない。

なんでいつもこうなの。やっと鍵を手に入れたのに。がんばったのに。

やりどころのない悔しさが込み上げたとき、通路の先で霧が動いた。カサカサと書棚をこする無数の脚音が聞こえる。

「ええい、こんなときに紙魚ちゃんか！　道を変えるぞ！」

猫が入り組んだ書棚の通路に飛び込んだ。あとに続くが、思うように速度が上がらない。足が重い。苦しい。通路は暗く、絨毯がぐにゃぐにゃと歪む。

そのとき、塔に絡んだ絨毯が裂ける音が響いた。

ぎょっとした拍子に足がもつれ、アンは走る勢いのまま転倒した。

衝撃と痛みに全身を打たれ、張り詰めていた心の糸がぷつりと切れた。

――なんだ、やっぱりむりなんだ。

「小娘ちゃん、起きろ！」

なに期待してたんだろ。どうせ間に合わないのに。がんばればできる？　努力すれば認められる？　そんなの、もとから才能がある人だけ。私のことじゃない、いつも余計なことして、まわりに迷惑しかかけないくせに。

「立て、紙魚が近くに来てるぞ、ここから離れるんだ！」

ワガハイの声が遠い。紙魚のたてる不穏な音さえどうでもよく思えた。

セージは帰れと言い、もみじも迷宮に来るなと言った。最初から誰にも望まれていなかったではないか。迷宮でさえ、こうしてアンを拒絶している。

ばっかみたい。ワガハイに強制されたのに選ばれた気になって。才能もない、強くもない、失敗ばっかのくせに。私なんか、どうせなにをやってもだめなんだ――

目を閉じようとしたとき、スニーカーを履いた足がふたつ、目の前を横切った。

「え……？」

いるはずのない人影に驚いて視線を上げ、アンはさらに瞠目《どうもく》した。

小学生くらいの子どもが二人、急ぎ足で通路を行く。ヴァイオリンケースを担いだ十二歳にもならない少女と、トランペットのケースを持った男の子。

その後ろ姿は『クローディアの秘密』の表紙そのものだ。

「………ワガハイ、いまの」

「ああ……新しい〈登場人物〉だな」

姉弟《きょうだい》が向かう先に苔むした書棚はない。カビ臭い通路はニューヨークの街角に変わり、車のクラクションと乾いた排ガスの臭いがする。その喧騒《けんそう》の中心には宮殿を思わせる巨大な石造りの美術館がそびえていた。

街の雑踏や人々の話し声、空気の匂い。現実としか思えない生々しさで街が広がる。写真や映像にはない圧倒的な存在感に鳥肌が立った。

これが迷宮の力。人の想像力によって無限に生まれ、創り変わる異端の世界。

「帽子のおばあさん、『クローディアの秘密』読んでくれたんだ……」

「総天然色とは驚いたな。こりゃあ、とびきり想像力豊かな読み手だぞ──って、それどころじゃない！　小娘ちゃん本をよこせ、紙魚の狙いは司書の本だ！」

ワガハイが毛を逆立てて騒ぐが、アンは姉弟から目を離せなかった。

姉弟の背中がメトロポリタン美術館に吸い込まれていく。少女と弟が視線を交わし、笑みを深める。これから始まる冒険に胸を躍らせているのが伝わってくるようだ。

そうだ、クローディアは一度も〝できない〟って言わなかった。

美術館までの移動方法、お金の問題、隠れる場所や家出生活の過ごし方。荒唐無稽としか思えない美術館への家出を、綿密な計画と行動力で〝できる〟に変えていく。いつだってクローディアは〝こうすればできる〟しか考えない。

心が震えた。胸に熱いものが込み上げ、ぎゅっと唇を噛みしめる。

クローディアが少し苦手だ。自分の考えを持ち、おかれた環境に心のままノーと言える彼女は恰好よかった。家出で満足せず、変わっていこうとする姿勢が眩しかった。できない、むりだ、どうせ。そんな言葉で逃げ回ってる私と全然違う。だけど。

アンは立ち上がり、〈司書の書斎〉へ駆け出した。遅れてワガハイが続く。鐘塔は高度を上げ、ぴんと張った絨毯はいまにも千切れそうだ。

でも間に合うはずだ。走ればきっと、絶対間に合う。

心に唱えたとき、通路の脇から紙魚の巨体が這い出してくるのが見えた。ぎょっとするのと同時にアンはノトの言葉を思い出していた。

——本につく虫もラベンダーの香りが嫌いなんだ。

濃密な花の香りとポプリの感触が手に蘇ったかと思うと、小袋のポプリそのものを握りしめていた。

アンは振り向きざまに小袋を投げた。ポプリが床で跳ね、ラベンダーの香りが広がる。

巨大昆虫は泡を食った様子で後退《あとずさ》りした。

「効いた！」

「ラベンダーか、よく知ってるじゃないか！」

ワガハイがアンを追い越して先導を買って出る。

後方の紙魚は香りに阻まれ、まごついていた。あの様子ならリッカに教わったことも役立てられるかもしれない。

通路を抜けると真正面に崩れた丘が現れた。〈司書の書斎〉は目前だ。

「いいぞ、この調子なら間に合――ぎゃっ、まずいぞ⁉」

〈司書の書斎〉に繋がる絨毯は大きく裂け、いまにも千切れそうだ。さらに後方からはポプリを避けた紙魚が猛然たる勢いで距離を詰める。

ワガハイは毛を逆立て紙魚と戦う構えをみせたが、アンは一秒も止まらなかった。丘を駆け上がり、手にした司書の本を紙魚に向かって大きく振る。

「こっち！」

「おい、なにしてるんだ⁉」

ワガハイを無視して千切れかけた絨毯に飛び移った。少したわむが走れないほどではない。鐘楼へと続く不安定な道を駆けると、あっという間に息が上がった。後ろから紙魚がぐんぐんと迫る。

鐘塔まであと数メートル。いける。大丈夫、〈司書の書斎〉はすぐそこだ！

――そんなにうまくいく？

わずかな不安を抱いた刹那、前方でブツッ、と繊維が切れる音が響いた。

無情な光景だった。

鐘塔の縁《へり》で絨毯が翻り、〈司書の書斎〉に続く唯一の道が落ちる。アンは呆然《ぼうぜん》とし、なすすべもなく虚空へ投げ出される――以前なら、そうなっていただろう。

アンは絨毯の道に必死に食らいついた。

「私はっ」

望んで屋敷に来たわけでも選ばれて司書見習いになったわけでもない。でもここにいるって決めたのは私。

「私も、明日は今日とは違う私でいたい！」

大きく振りかぶり、握りしめていたものを投げる。

英数字ビスケットだ。紙魚は本と同じくらい小麦粉が好物だ。想像力で作った文字と小麦の塊はご馳走のはず。

効果は絶大だった。紙魚は稲妻のような速さで空中のビスケットに飛びついた。

アンはその背中を蹴って最後の数メートルを駆けた。最後の一歩で踏み切り、宙に躍る。鐘塔まで三十センチ。

届く、絶対に届く！　届け！

強く願い、必死に手を伸ばす。目の端で白い蝶が舞った気がした。

次の瞬間、地表から強い風が吹き上げ、アンは木の葉のように舞い上げられた。中空で一回転したかと思うと羊革の本と一緒に硬い床に投げ出される。

「痛っ……！」

絨毯の上で痛みに身もだえし、はっとした。眼前に机とキャビネットがある。

〈司書の書斎〉に着いたのだ。

アンはぶつけた腿や肩をかばいながらポケットを探り、キャビネットに向かった。

ガラスは穏やかに流動しているが、イバラに変化する気配はない。

忍び足で近づき、鍵穴に煌めく雫を落とす。

小さな雫がキャビネットのガラスに溶けていく。変化は唐突だ。流動するガラスがぴたりと静止し、パキパキと音をたてて結晶化する。ガラス板の表面に深い亀裂が走り、氷の結晶が咲くかのように複雑なカッティングが生まれる。

気がつくとガラス板は無数の粒に変わっていた。ダイヤモンドを連ねたようなチェーンカーテンをまとったキャビネットは触れるのもためらわれるほど美しい。

アンはごくりと息をのんだ。

カーテンに手を入れると、宝石の粒はひんやりと冷たかった。その奥に本の硬い手触りがある。赤い背表紙を摑み、アンはついにその本を手にした。

「やった……これが〈名簿〉」

赤表紙は分厚く、ずしりと重たい。

長い道のりだった。〈先祖返り〉に逃げられ、紙魚に追われ、絨毯から投げ出されて死ぬほど怖い思いもした。すべては膨大な利用者のデータが蓄積された叡智の結晶、〈名簿〉を手にするため。これでやっと本を貸し出せる。

勝利を噛みしめたとき、下層から喧騒が届いた。

〈司書の書斎〉から眼下の迷宮が望める。深い霧に包まれた灰色の世界はどんより濁っているが、ある一角だけ花が咲いたかのように色鮮やかだ。

迷宮に忽然《こつぜん》と現れたニューヨークの街角と巨大な石造りの建造物はきらきらと光を放ち、見ているだけで胸が躍る。

そのとき、すとんと胸に落ちるものがあった。

「あ……そっか、こういうことだったんだ」

アンは目を細め、迷宮を眺めた。

作家が紡いだ文字の世界が一人の老婦人の想像力によって色彩豊かに息づいている。

これから建物の中で繰りひろげられる少女の冒険譚《ぼうけんたん》に思いを馳《は》せ、笑みがこぼれた。

§

翌朝十時。開館時刻ぴったりに図書館の正面口を開けると、つばの大きな帽子をかぶった老婦人が待っていた。

アンが会釈すると、婦人は「おはよう」と品良くほほえんだ。

「昨日は本をありがとう。面白くて、あっという間に読んじゃった」

少女みたいにはにかむのを見て、嬉しくなった。

婦人が『クローディアの秘密』を読み終えていることも、心から楽しんでくれたことも知っている。迷宮でクローディアとすれ違いました、と話せないのが残念だ。

アンは扉から手を離し、深々と頭を下げた。

「私のほうこそ、ありがとうございました」

怪訝な顔をされたが、どう説明したらいいか言葉が見つからなかった。考えるうちにアンは迷宮でのことを思い出していた。


——にゃんだと⁉ 〈名簿〉をキャビネットに戻してきただあ⁉

千切れた絨毯から地上に降りると、ワガハイが待っていた。猫は手ぶらのアンを見て驚き、〈名簿〉は羊革の本と一緒に〈司書の書斎〉に置いてきたとアンが伝えると、目を吊り上げて先のセリフを叫んだのだった。

「散々〈名簿〉がほしいと騒いでただろ、これからどうやって本を貸し出すつもりだ⁉ あんなに苦労したのに〈名簿〉を使わないなんて！」

「使ってはみたよ」

デスクのペンを借りて自分の名前を書いてみたのだ。紙に染みたインクはするすると形を変え、アンにお薦めの書籍名へと変化した。

きらきらした恋愛もの。過激なホラー。勉強法のハウツー本。

詳しい内容まではわからないが、タイトルから高校生が好みそうだと想像できた。読めばそれなりに面白いのだろうが、どれもぴんとこなかった。そして〈名簿〉のリストに『クローディアの秘密』が現れることはなかった。

あれほど強く心を揺さぶられた物語を〈名簿〉は示してくれなかったのだ。

「おばかさんめっ、あんぽんたん子ちゃんめっ」とワガハイに散々猫パンチされたが、もう一度〈名簿〉を手にしようとは思えなかった。

そのときの気持ちを思い出し、ようやく婦人に伝えたい言葉を見つけた。

「私、ただ本を貸せばいいって思ってたんです。対象年齢に合ってて、人気があったり売れてたりする本なら、どれでもいいだろうって」

だから〈名簿〉が必要だった。年齢、性別、これまで何冊読み、同年代の人や同じジャンルを好む人がなにを読んだのか。そうしたデータがあれば楽に本を貸せると。

しかし、それではいけなかったのだ。

「人気があるとか、同じ年代の人が好きそうだからって選び方は……相手の顔を見て選んだ本じゃないんです。だってそんなの、ただの数字だから」

『クローディアの秘密』は児童書だが、高校生のアンは胸を打たれた。その物語は老婦人の心を揺り動かし、迷宮に色彩をもたらした。

迷宮に必要なのは、心躍る読書をしてもらうこと。

それぞれの人生があるように、胸に響く本はそれぞれ違う。本を読むのに〝適切な年齢〟や〝性別〟はない。そんなふうに選んで貸し出すなんて、間違っていた。

「本を薦めるって、作品の想いと読む人の心を結ぶことだったんですね」

鮮やかに色づいた迷宮を見下ろしたとき、やっとその思い違いに気づけた。

大切なのはデータじゃない。相手の悩みや好きなことに耳を傾け、その人を想って本を選ぶ。本当に必要なのは、そんな当たり前の姿勢だったのだ。

「『クローディアの秘密』を借りてもらえて、初めてわかりました。だから、ありがとうございます」

そう結ぶと、婦人の目尻に優しい笑いじわが浮かんだ。

「お役に立てたならよかった。じつはね、今日はあなたにお願いがあって来たの」

「お願いですか？　私にできることなら」

老婦人は周囲に人がいないことを確かめ、身をかがめて耳打ちした。

「私ね、家出することにしました」

「えっ！」

「毎日買い物の前に少しだけ、誰にも秘密の家出よ。だからその時間、私を匿《かくま》ってくれないかしら。札幌にメトロポリタン美術館はないけれど、ここには世界中の物語が集まってるでしょう？　天使みたいにかわいい司書さんもいるし」

品のよい婦人の顔にいたずら小僧のような笑みが広がる。

アンは吹き出した。

「喜んでお手伝いします。私、見習いの美原アンです。よろしくお願いします」

「私は新堂《しんどう》──」

苗字を言いかけて、老婦人はふっと肩の力を抜いた。

「咲百合《さゆり》よ。ただのさゆりと呼んでくれる？」

「さゆりさん。ようこそ図書屋敷に」

さあ、入ってください、とアンは図書館の扉を開けた。


〈引用文献〉一一九ページ二行目／一四七ページ一一行目の〃〃内の文章はそれぞれ左記より本文を引用しています。
1　E・L・カニグズバーグ　松永ふみ子訳『クローディアの秘密』新版第二十七刷、二〇二一年、岩波書店、九ページ
2　同、一四〇ページ

An Apprentice to Midnight Librarian

三冊目

『シャーロック・ホームズの冒険』コナン・ドイル

1

土曜日。アンは図書室の本棚の前で身をかがめ、じっくり考えた。

「決めた、こっちにしようっと」

背表紙に指をかけて引く。メアリー・ノートンの『床下《ゆかした》の小人《こびと》たち』だ。

この数日、帽子の老婦人――さゆりが毎日屋敷に〝家出〟してくれるおかげで、迷宮は色づき始めていた。婦人が好きそうな本を選ぶのがアンの日課だ。本選びは難しいが、頼もしい協力者の手を借りて楽しく取り組めている。

もみじのことを思うと心があたたかくなる。

〈名簿〉の一件を片付けたあと、アンはすぐに少年を探した。そのときのことを思い出し、自然と笑みがこぼれた。

もみじは大扉の前にいた。廊下の壁に背をあずけていたが、アンに気づくとはっとした様子で体を起こした。ふたりはどちらからともなく駆け寄り、叫んだ。

「「ごめん！」」

声が重なり、目を瞬く。「そっちから」「先に」とまた重なり、笑みがもれる。

「じゃあ、ぼくから。ごめん。アンが迷宮のためにがんばってくれたのにお礼も言ってなかった。君の気持ちを聞こうともしないで」

「ううん、私も。迷宮は危ないってもみじ君が何度も注意してくれたのに、わかってなかった。心配させてごめん。だけど……私、諦められない。迷宮をよくしたい。どこまでできるかわからないけど」

必ず、と約束できないのが情けない。うつむくアンにもみじは優しかった。

「さっきヴァイオリンケースの女の子に会ったんだ。新しい読者を見つけてくれたんだね。アンはすごいよ。それに比べてぼくは……逃げてただけなんだろうな。これからはぼくもちゃんとする。せめて君が屋敷にいる間、力にならせてほしい」

まっすぐな眼差しでもみじが言った。力を貸してくれることが嬉しい。なにより、またもみじといられることが嬉しかった。

アンは手にした『床下の小人たち』の表紙を眺めた。

この小説ももみじが教えてくれた一冊だ。さゆりが『クローディアの秘密』を気に入ったので、新たに紹介する作品も同じ岩波少年文庫から選んでいた。

おとといは『長《なが》くつ下《した》のピッピ』、昨日は『ふたりのロッテ』だ。もみじのお薦めなら間違いないが、貸し出す前に必ず読むようにしている。未読では紹介ができないし、さゆりと感想を語り合うのも楽しみだ。

さゆりは夕方頃に屋敷に寄ると言っていたので、読書の時間はたっぷりある。この数日、

婦人の想像力で迷宮が潤ったおかげか、屋敷に好影響が現れていた。この数日、利用利用者が来るのだ。日に二、三人だが、来館者ゼロの日々を思えばめざましい進展だ。

少しずつ確実に屋敷はよい方向へ向かっている。しかし問題が消えたわけではない。図書屋敷は依然として閉館の危機にあり、アンのホームステイも来週までだ。

「あと数日で大繁盛……って、むりあるよね」

アンが東京に帰ったあとも利用者が減らない施策が必要だが、いまの利用者数では心許ない。迷宮が本来の力を取り戻すためにはもっと多くの想像力が必要だ。

「どばっと利用者が増える方法考えないと」

賑わっていた頃の図書屋敷がどんな様子だったかわかれば解決の糸口になるかもしれない。アンは少し考え、踵を返した。

こういうことは訊いたほうが早い。

「え？　いままでどんな人が図書屋敷に来てたか？」

奥の図書室で蔵書を整理していたノトを見つけたアンは、作業を手伝いながら尋ねた。

ノトは丸眼鏡のフレームに手をやった。

「そうだねえ、イベントがあるときは遠くから集まったけど、普段来てたのは近所の人

だよ。賑わってたときで、だいたい一日百五十人くらいかな」

「そんなに来てたんですか！ みんな、どこに行っちゃったんですか」

「昔の話さ。三十年くらい前に中央図書館が近くに移転してきて、人の流れが変わったね。それでも〈モミの木文庫〉は地域図書館の役割があったし、コミュニティとしても機能してたよ。やっぱりセージ君の両親が亡くなったのが大きいかな」

「ご病気ですか？」

「いや、飛行機の事故。ふたりを同時に亡くしてね。セージ君はまだ学生だったけど図書館を継ぐことにして。あのときは屋敷から明かりが消えたみたいだった」

アンは言葉に詰まった。意図せず、デリケートな話題を引き出してしまった。

「ごめんなさい……私」

「なんもだよ。言ったたっしょ、昔の話」

ノトは朗らかに笑った。

これ以上踏み込むのは失礼だと思ったが、確認しなければいけないことがある。

「セージさんが図書館が好きそうじゃないのは……そのせいですか？」

あの青年は迷宮を放置している。屋敷に悪影響が出ると知りながら、あちら側に関わろうとしないのは、両親を亡くしたショックからだろうか。

そうだねえ、とノトは独り言のように続けた。

「セージ君がアンちゃんくらいの頃は、のびのび、楽しそうにしてたね。でもご両親の事故の年はいろいろあって、もみじ君のことも重なったから」

アンはびっくりして作業の手を止めた。

「もみじ君？　小説家の伊勢もみじ君ですか、ここにいたんですか！」

ノトがしまったという顔つきになった。口を滑らせたようだ。いやあ、と白髪のまじった髪をなでる。

「なんていうかな……アンちゃんが使ってる部屋、もとはあの子が使ってたのさ。いまは……どうしちゃったかな、帰ってきてくれたらいいのにね」

衝撃の事実に瞠目した。詳しく聞きたかったが、丸眼鏡の奥の瞳が悲しげに揺れるのを見て、アンはなにも言えなくなった。

手伝いを終えてノトと別れたあとも、もみじの話題は頭から離れなかった。図書室の机に着いて『床下の小人たち』を読もうとしたが、その話ばかり考えてしまう。

もみじ君は屋敷にいた。

セージやノト夫妻と一緒に暮らしていたのだ。親戚か、アンのように訳ありの居候だったのかもしれない。思えば、初日にセージが二階の角部屋の話をするとノトは「いいのかい」と驚いていた。空き部屋がすぐに使えたのは、もみじがいつ戻ってもいいように整えていたからだろう。そのくらい、もみじは特別なのだ。

「だめだ、全然集中できない」

本を机に置き、足をぶらぶらさせる。なにを見るでもなく室内を眺めていると壁際のPCに目がとまった。

「館内検索システム……もみじ君の本を見たら、なにかわかるかな」

読書するようになって知ったのだが、本には著者紹介がついている。あとがきや解説で著者の経歴や作家になったきっかけが語られているケースも少なくない。

PCのところへ行き、検索ボックスに入力する。もみじの作品といえば、デビュー作で代表作の『恋雨とヨル』だ。完了ボタンを押すと、ぱっと画面が切り替わった。

「え……どういうこと？」

思いもしない検索結果に眉根が寄った。


午後四時半。受付カウンターで待っていると、つばの大きな帽子をかぶった老婦人が現れた。さゆりは背筋が伸びていて、ゆったりした所作が優雅だ。アンを見つけると、老婦人は表情を柔らかくした。

「こんにちは。『ふたりのロッテ』、すごく面白かったわ」

「よかった、楽しんでもらえたらいいなって思ってたんです」

すぐにでも本の感想を聞きたかったが、受付で話し込むのは他の利用者に迷惑だ。挨拶もそこそこにカウンターに不在の札を置き、談話室に移動した。

初めは探るように「どうだった？」と尋ね合い、印象に残った場面の話題に花が咲く。「いきなり蹴るなんて考えられない」とアンが驚けば「あら、こんなものよ？」とさゆりがけろりとした顔で言う。同じ物語を読んだのに感じ方が違って面白い。

話が一段落したところでアンは選んでおいた本を紹介した。

「今日はこれまでと少し違う本にしてみました。樫木《かしき》重昂《しげたか》の『君《きみ》を包《つつ》む雨《あめ》』です」

数年前に映画化されたベストセラー小説だ。『床下の小人たち』を紹介するつもりだったが、ノトの話が尾を引いて二十ページも読めなかった。

もみじと選ぶ本もいいが、たまには別の本も紹介してみたい。できれば自分の好きな作品を――そんな気持ちもあって思い出したのがこの小説だ。

さゆりはアンが持つハードカバーに顔を近づけた。

「最近の作品？」

「ちょっと前です。私、この小説の映画観たんです。複雑な家庭の男の子と義理のお姉さんになる女の子の十年くらいの話で、雨のシーンがすごくきれいなんです」

太一が俳優時代に世話になった監督の作品で、招待券をもらったのだ。ちょうどアンが学校でうまくいっていない時期で、気分転換にと太一とふたりで観に行った。

青年の半生と「好き」と言えない義姉への秘めた想い。叙情的な映像美に彩られた物語は難しかったが、その大人びた内容が背伸びしたい年頃のアンに刺さった。

「小説を読んでみたら、すごく面白くて。セリフが迫ってくるっていうか、映像だとわからなかった主人公の気持ちがすごくわかって。文章は不器用な感じだったり詩みたいだったり……なんていうか普通じゃなくて、あの、ええと、その……」

「癖になる文体？」

「そうです、それです！　なんかすごいんです、うまく言えないけどすごくて！」

さっきから「すごい」しか言っていない。語彙のなさに頭を抱えたくなった。

『君を包む雨』を読んだ直後は興奮が冷めず、誰かと感想を語り合いたくてたまらなかった。もしそんな機会に恵まれたら、うるさいくらいしゃべってしまいそうだ。この作品の魅力なら一日中だって語れる。そう思っていたのに、核心に触れずに魅力を伝えるのがこんなに難しいとは知らなかった。

「えっと、この本、気持ちの描き方も雨の描き方も、とてもいいと思います。面白いから、さゆりさんにも読んでほしくて。感想はなんでも嬉しいです、つまらなくてもさゆりさんの好みがわかるし、悪い結果にならないから。だからよかったら」

どうにか言いたいことをまとめ、おそるおそる本を差し出す。

さゆりは両手で受け取ってくれた。それだけのことが飛び上がるほど嬉しい。

アンが顔を輝かせると、さゆりも笑顔になった。

婦人の笑みに戸惑いの色があったことに気づいたのは、ずっとあとのこと。

のちに大事件の引き金になることなど、このときは知るよしもなかった。

2

深夜。屋敷のどこかで真夜中を告げる時計の音が響いた。

アンは夢の中で目を覚まし、いつものように迷宮へ向かった。白亜の空間に出ると、赤い絨毯の上にジンジャーオレンジのペルシャ猫が寝転がっている。

「部屋まで迎えにこないと思ったら、こんなところでごろごろしてたの」

「オレ様は猫ちゃんに取り憑いてるからな。昼は猫ちゃんの意識が強くて、オマエの部屋まで行くのが大変なのさ」

どうりで日中見かけるワガハイは猫っぽいわけだ。

ワガハイは前脚と後ろ脚を交互に伸ばし、アンに続いて大扉を入った。

図書迷宮は今日も霧に包まれている。埃とカビと死。相変わらず陰鬱な場所だ。

「さあて、本日の掃除は団体、学術・研究機関の棚にするかね。ニンゲンが滅多に読まないからだいぶ荒れてるだろうよ」

「その前にワガハイ、聞いてほしいことがあるんだけど」

「なんだい、改まって」

どこから話そうかと少し迷い、順を追って尋ねることにした。

「今日、ノトさんにセージさんのこと聞いたんだ。事故で両親が亡くなって……図書屋敷が廃れ始めたのもその頃じゃないかって。これまで迷宮でセージさんに会ったことないよね？　あの人がこっちに来ないのは両親を亡くしたから？」

「そのことか。きっかけはそうだ。先代の迷宮の主はセージの親だった。主が亡くなった瞬間、その役割は唯一の末裔《まつえい》であるセージに引き継がれた。だがあの日からセージは一度として迷宮に来ない。かれこれ九年だ」

「そんなに前から来てないの！」

「司書としてのあいつは死んでるんだよ。もともと軟弱だったしな」

鋭い眼光に大きな体。痩せた狼を思わせる風貌は軟弱とは対極に思える。アンがそう言うと猫は鼻で笑った。

「軟弱も軟弱、へなちょこ弱虫さ。あいつ、ネズミが好きって言うんだぞ」

ワガハイはアンによじ登って肩に陣取ると「この通りを右だ」と尻尾で順路を示した。指示された通路に進みながら話を続ける。

「ネズミはスーパーヒーローって話？　私も聞いた」

「ハッ、相変わらず軟弱者め。なんで図書屋敷に猫が七匹もいると思う？　ネズミが本や棚をかじるからさ。このでかい屋敷と蔵書を守るのが籾家の猫ちゃんのお仕事だ。かのエルミタージュ美術館にも同じ職務で猫ちゃんがお勤めだぞ」

「可愛いから飼ってるんじゃないんだ」

「可愛いに決まってるだろ！　その上優秀なのさ。オレ様たち猫ちゃんの涙ぐましい活躍がなきゃ、蔵書は食い荒らされてるね。ここいらは都会のネズミと森のネズミ両方いるからな。エゾヤチネズミなんてサイアクだ、あのブサイクちゃんが可愛いなんてセージの美的センスはイカれてるね」

まったく、と猫は苛立《いらだ》たしげにヒゲをひくひくさせた。

「なんなんだセージめ。やれリーピチープだガンバだ楽俊《らくしゅん》だアルジャーノンだ、オレ様のような高貴でプリティな猫ちゃんを侍《はべ》らせておきながら、ケッ！」

アンは笑った。ワガハイがネズミに嫉妬しているのはよくわかった。

「小娘ちゃんも司書見習いなんだ、間違ってもネズミになんざ気を許すなよ。オレ様のような超カワイイ猫ちゃんがいるんだからな、浮気はだめだぞ絶対だめだ」

はいはい、と軽くあしらって次の話に移ろうとしたとき、いきなり声が響いた。

「キテイは見つかったか？」

驚いて横を向くと、長身の男性がいた。黒いコートにマフラーをきっちり巻いているが、その体はやや透けている。特徴的な目鼻立ちはドラマでお馴染みだ。

ベネ様！

アンは内心で黄色い声をあげた。ＢＢＣドラマ『SHERLOCK』の主演俳優――正しくはその容姿に似た〈登場人物〉だ。前に見かけたときより存在がはっきりしている。

本物じゃないけど嬉しい、と浮かれかけ、違和感を覚えた。

なんか……顔が違う？

髪型はオールバックで、年齢も高そうだ。奇妙なのは別人のパーツを混ぜたみたいに顔の造形が異なっているところだ。ベネ様にはほど遠い。これは誰だろう。

いつの間にか書棚の通路は川沿いの資材置き場に変わっていた。高層ビルや信号機はなく、レンガや木造建築の古い町並みが広がっている。

「ホームズ！」

そのとき、霧の向こうから声がした。ホームズと呼ばれた元ベネ様似の男性はアンのほうを向いたまま「こっちだ、ワトスン！」と声を張った。

ワトスン？　ワトスンってことは『ホビット』の人？

映画『ホビット』三部作で主役を務めたチャーミングなイギリスの俳優だ。小柄で表情豊か。世界的人気俳優の登場に胸が高鳴った。

霧のベールに人影が浮かぶ。そして、その人が現れた。

額の広い、チョビ髭《ひげ》の中年男性だ。

誰。

『ホビット』の役者が現れるのを待つが、一向にその気配はない。それどころかホームズはチョビ髭の男性と親しげに言葉を交わしている。

「さて、話を戻そう。汽艇は？」

急にホームズに話を振られ、アンは目を白黒させた。

「キテイ……ですか？」

「そうだ、汽艇の名はオーロラ。モーディカイ・スミスという男の持ち船で、この川のどこかにいるはずだ」

なんの話かさっぱりだ。小声でワガハイに助けを求めたが、襟巻きに擬態した猫は「さあね」と知らんぷりだ。どうしよう、なんて答えよう。

返答に窮したとき、アンの隣に端整な顔立ちの少年が並んだ。

「こんにちはホームズさん。すみません、その子は来たばっかりなんです」

もみじ君！アンが声をあげそうになると、もみじが目配せした。

「ベイカー街イレギュラーズと間違えてるんだ。ここはぼくに任せて」

そう言うと、大人たちに向かってすらすらと説明を始めた。

「黒い船でしたね。ウィギンズから話を聞いています。いま向こう岸の——」

すごい。もみじ君かっこいい。

堂々としたふるまいに感動していると、首の襟巻きがぐいぐいと資材置き場のほうへ引っ張った。もう少し眺めていたいが仕方がない。

引っ張られるままに移動すると、目に見えない膜から出たような感覚がした。次の瞬間、水辺の匂いが消え、アンはカビ臭い書棚の通路にいた。

ワガハイが襟巻きからするりと猫に戻り、床に着地した。

「やいやいやい小娘ちゃん、〈登場人物〉は変なのばっかだって前に教えてやったろ。声をかけられても基本は無視だ、いいな。話がややこしくなる」

「あのふたり、やっぱり〈登場人物〉のホームズとワトスンだったんだ」

「そうだ。〈登場人物〉はあくまで〈登場人物〉。実在の人物に似てても本人じゃないし、自分の物語の中に生きてるもんだ。あのホームズはもとより、〈登場人物〉はオマエを司書だと認識できない。自分のストーリー上の脇役だと思い込むのさ」

「それで話が嚙み合わなかったんだ。急に話しかけられてびっくりした」

誰が、いつ、どんなふうに、何人が読んだか。そうした要素が複雑に絡み合い、人々の想像力が結集して〈登場人物〉や〈著者〉が生まれる。迷宮の住人は外見も内面も蔵書を読んだ人のイメージに左右される。ここでは外見も性格も流動的だ。

そこまで考えて、話が途中だったことを思い出した。

「ねえワガハイ、〈登場人物〉や〈著者〉がいるのは、もとになる蔵書があるからだよね。誰かが〈モミの木文庫〉を読んで、その想像力で迷宮の住人が生まれる」

「ああ」

「じゃあ、なんで蔵書に著作がないのにもみじ君がいるの？」

尋ねた瞬間、猫が垂直に跳び上がった。

着地しても全身の毛を逆立て、四本の脚がぴんと張っている。ものすごい驚き様だ。

「昼にもみじ君の本を検索したら結果がゼロだったんだ。でもこれって──」

「ままままて待て待て、いま話すのはまずいぞ！　いいか、その話は絶対に小僧にするな、オレ様が直々に教えてやる、今日はお掃除も想像力のレッスンもお休みだ」

そう早口にまくし立てたところで、もみじが駆けてきた。ワガハイはあたふたとその場で足踏みし、結局アンによじ登って襟巻きの姿に落ち着いた。

おかしな猫だ。アンは内心で首をひねり、そばに来たもみじに言った。

「もみじ君、大丈夫だった？　変な人たちだったでしょ」

「大丈夫。一シリングくれたよ。物語の外に出ると消えちゃうけど」

もみじの足が運河から毛羽立った絨毯に一歩出たとたん、手のひらの硬貨が淡く輝く靄《もや》となって消失した。

「本当に消えた……どうなってるの？」

「世界観から出たから。〈登場人物〉は物語の中にいるでしょ？　だから彼らの周囲にはスポットライトみたいに作品世界があるんだ。〈登場人物〉を中心に半径二、三メートルかな。その中なら物の受け渡しができるけど、出ると消えちゃうんだ。人気がある〈登場人物〉なら町一つ分くらいの世界観が広がるよ」

「それでさっき、通路が川沿いの資材置き場になってたんだ」

知らないうちにシャーロック・ホームズの世界に巻き込まれていたらしい。〈登場人物〉を中心に物語の世界まで移動しているとは面白い。

「アンは日中どうしてた？　読書友だちには会えた？」

「会えたよ。もみじ君に教えてもらった『ふたりのロッテ』、すごく喜んでた。明日は『床下の小人たち』を貸すつもり」

「次も楽しんでもらえるといいな」

「もみじ君のお薦めなら絶対間違いないよ」

アンは力強く言った。それから川沿いを捜索するホームズたちに目を戻す。

「それでね、そろそろ違うジャンルの本も薦めてみたいんだけど。たとえばシャーロック・ホームズってどう？　有名な作品だよね」

もみじに会ったらジャンルから相談するつもりでいたが、色づき出したホームズたちを見て提案したくなった。

「いいアイデアだね。探偵小説の古典といえばシャーロック・ホームズだ。ドラマや映画で親しまれてて、原作を知らない人もホームズは知ってる。映像作品もいいけど、小説はものすごく面白いんだよ！　さすが百年以上も世界中で読み継がれてるだけあって、色褪せない魅力が詰まってるんだ」

もみじは黒い瞳を星空のようにきらきらさせて熱っぽく語った。

「ストーリーと謎に奥行きがあるしホームズとワトスンの関係もいいよね、世界初の推理小説を書いたのはエドガー・アラン・ポーだけど〝ワトスン役〟という様式を広めたのはドイルの功績だと思う！　ホームズの皮肉っぽいところもワトスンのあたたかい視点があってのものだし、ふたりのやりとりや距離感がすごく魅力的なんだ」

あまりに楽しそうに話すので、アンはうずうずしてきた。内容はドラマで知っているのに、小説を読んでみたくなる。

「私も読んでみようかな……シャーロック・ホームズって、いろんな出版社から出てるよね。学校の図書室に子ども向けの大きなサイズのがあったよ」

『荘子』のようにたくさんの人が翻訳しているのだろう。

どの出版社がいいか尋ねると、もみじは真剣な顔つきで頤《おとがい》に手をやった。

「どうかした？」

「…………出版社を決める前に、読む順番で悩みたい」

「一巻からじゃなくて？」

「シャーロック・ホームズの原作は全部で九冊あるんだけど、ナンバリングされてないんだ。最初に発表されたのは『緋色《ひいろ》の研究《けんきゅう》』。刊行順に読むならこの作品だね。だけどぼくは短編集『シャーロック・ホームズの冒険《ぼうけん》』を薦めたいな」

第一作の『緋色の研究』は長編で、試しに読むには重い。一方、短編集は十二編収録されており、一話が短く展開も早い。初めてホームズに触れるなら『シャーロック・ホームズの冒険』のほうが親しみやすい、ともみじは説明した。

「一作目の『緋色の研究』と二作目の『四《よっ》つの署名《しょめい》』は長編で、当時はあまり話題にならなかったんだ。ホームズの人気が出たのは一話完結の短編が雑誌連載で発表されるようになってから。その短編集の一冊目が『シャーロック・ホームズの冒険』だよ」

「へえー」

「じつは日本だと『シャーロック・ホームズの冒険』を第一巻にしてるケースが少ないんだ。巻数の表記がなかったり、全九巻のところを順番や長さを調整して独自に割り直したりね。出版社によって見せ方が違う」

「そうなんだ……！」

「どこからでも自由に読んでって言われてるみたいで楽しいよね！　だから好きな順番でいいと思うけど、初めての人にはやっぱり『冒険』かな。『冒険』にはホームズの魅力がぎゅっと詰まってるんだ。しかもこの短編集の第一話は『ボヘミアの醜聞《しゅうぶん》』、アイリーン・アドラーが登場するんだよ。賢くて謎めいた麗人、ホームズを負かした唯一の女性！　その次は『赤毛連盟《あかげれんめい》』。赤毛の人だけが入会できて簡単な仕事で高額な報酬がもらえるんだけど……聞くからに怪しいでしょ？　この会の秘密もすごいけどホームズの観察眼が冴《さ》え渡《わた》ってるのが一番の魅力だよね。本当に一瞬で全部見通しちゃうんだ、ぼくも読んでて腰を抜かしそうになったのはこの話が初めて——」

もみじははたと我に返った様子で声をとぎらせ、肩を縮こまらせた。

「ご、ごめん。話しすぎた。うるさかったね」

「そんなことない。もみじ君の話すごく面白いし、そんなに楽しそうにされたら続きが気になって読んでみたくなる！」

いま同じ話題で盛り上がれないのが悔しいくらいだ。アンが「明日、絶対借りてくる」と息巻くと、端整な少年はとろけるような笑顔を見せた。

もう少し話していたかったが、襟巻きにきゅうきゅう首をしぼられてアンは話を切り上げた。もみじと別れて通路に入る。

相変わらず霧のたちこめる迷宮だが〈司書の書斎〉が浮上してからはやや薄まり、見通しがよくなった。目を凝らせば、現実と迷宮を繋ぐ唯一の出入り口である大扉が白い影のように佇《たたず》んでいるのが見える。

袋小路の通路の突き当たりまで来ると、ワガハイがアンの肩から下りた。

「このあたりなら紙魚ちゃんも来ないだろ」

書棚の本は化石化し、命の匂いがしない。もみじや〈登場人物〉たちが近くに来ても音でわかるだろう。

ぽっちゃりペルシャは書棚の横に置かれた古い椅子に飛び乗った。

「さあて。もみじの蔵書がないって話、詳しく聞こうじゃないか」

「さっき話したのでほとんどだよ」

『恋雨とヨル』の蔵書を検索したら該当なしと出た。タイトルをカタカナにしたり著者名のみで調べたりしたが、結果は同じだ。

「データにないだけかもしれないけど、もし本そのものがないなら変だよね。読む人の想像力が〈著者〉を作るなら、もみじ君のイメージはどこから来たの？」

ワガハイは金の目をすっと細めた。

「なるほどな。だが『恋雨とヨル』は所蔵されてるぞ。蔵書票を貼った正真正銘の〈モミの木文庫〉だ。だから伊勢もみじが生まれた。蔵書はある。オレ様が保証する。おそらく検索から外されたか隠されたんだ、なんたってあの本は——」

いきなり、ガチンッ、とワガハイの口が閉じた。

「ぎゃにゃ……ぐ……にゃぐぅ」

猫は口をもごもごさせ、前脚で何度も顔をこすった。椅子の上でひっくり返り、自分の口に脚をつっこむ。

不気味だ。奇妙な行動の理由を尋ねようとしたとき、ワガハイが跳ね起きた。

「くそっ、だめだ！　初代との契約に抵触した。これ以上話せない」

「どういうこと？」

「オレ様の舌には魔法がかかってるんだ。迷宮の秘密や王に関すること、この世界の機密事項にかすりでもしたら言葉を奪われる。だから話せないんだ」

「いまの話、そんな重大なの！」

「ある意味ではな。小娘ちゃんがその真相を知り、オレ様に答えを告げれば魔法の干渉は受けない。知ってる者同士が相談する分には秘密じゃないからな」

「つまり……隠された蔵書を見つけるか、もみじ君のことがもっとわかれば、ワガハイに詳しく聞けるってことだね。もみじ君の情報、ＳＮＳにあるかな」

「ＳＮＳ？　知ってるぞ、ネット一味だ。使うのは勝手だが館内で触るなよ」

「それ、セージさんにも言われた。ケータイやスマホ、ネットに繋がるものを図書館に持ち込むなって。どうして？」

セージから課された三つのルールのひとつだ。すでに破ってしまったふたつが迷宮絡みなので、最後のひとつもそうなのだろうが、詳しく知らない。

「図書迷宮とネットは相性がよすぎるのさ。迷宮は膨大な本の記憶とニンゲンの想像力でできてるだろ。ふつうのニンゲンならまだいいが、迷宮を出入りする司書がそれを持ち込むと迷宮が混乱するんだよ」

「ええと、つまり？」

「小娘ちゃんは絶対にスマホの類《たぐい》を図書館に持ち込むなってことさ。とくにニンゲンが眠り、迷宮が活発になる夜はだめだ。それだけは忘れるな」

よくわからないが、うなずいた。いまはルールの話よりもみじのことだ。

「もみじ君は図書屋敷で暮らしてたんだよね。私が使ってる部屋にいたって。ワガハイは現実のもみじ君に会ったことある？」

「それは――」

ガチン、と口が閉じる。猫は舌を噛み、「忌々しい誓約め！」と悪態をついた。

「この話題もだめ？　うーん……じゃあ、もみじ君に直接訊いてみようかな」

「〈著者〉のか？　オススメしないね。もみじが破裂していいなら構わないぞ」

「破裂!?」

「現実の情報は劇薬なんだよ。小娘ちゃんだってもし自分が創作の生き物で、その証拠を見せられたら頭がヘンになると思わないか？　ただでさえ迷宮の住人はニンゲンの想像でできてるんだ、破裂しないまでも壊れるぞ」

アンは青くなった。そんな恐ろしいことが起こるなら絶対に尋ねられない。

「日中もこの話をするときは注意しろよ。迷宮と屋敷は表裏一体。迷宮は耳をそばだてて る。ノトやセージにうかつに尋ねたせいで迷宮が変異したら一大事だ」

「わ、わかった……気をつける」

「だがいい線だ。小娘ちゃん、どうにかして答えに辿《たど》り着《つ》け。オマエが気づいたことに屋敷と迷宮の存続がかかってる。こりゃあ、ひょっとしたらひょっとするぞ。一発逆転、一攫千金《いっかくせんきん》も夢じゃない」

ノトから聞いた話がこれほど大きな意味を持つとは思わなかった。

アンが驚いていると、ニャヒヒとペルシャ猫が悪い笑みを浮かべた。

「しかしさすがオレ様、小娘ちゃんを司書見習いにした甲斐《かい》があったな」

「それ、前にも言ってたよね。気になってたんだけど、なんで私を選んだの？」

「そういう約束だからさ。かれこれ十八年前になるか。オマエの親父《おやじ》がここに来た。で、本を盗んだ」

「へー……え!? 盗んだ、お父さんが!?」

「本人にその気はなかったみたいだがな。迷宮から本を誘拐するなんぞ許しがたい大罪だ。だが懐の深いオレ様はトクベツに無期限で貸し出してやった。代わりに約束したのさ、子どもが生まれたら図書迷宮で働かせるってな」

そんなばかな、と言いたいところだが、太一ならやりかねない。

「信じられない、私が生まれる前にそんな約束するなんて」

「夢だと思ってるんだろうよ。だが契約は絶対だ。図書迷宮の魔力に抗《あらが》えるニンゲンなんていないね。まあ、オマエの親父はかなり鈍感な部類だな。子どもを寄越せと命じても何年も動かなかった」

「命じるってどうやって」

「魔法を込めたメールさ。数年前から送ってたんだぞ」

なんのこと、と尋ねようとして思い至った。太一に届いた〈モミの木文庫〉のメールだ。一見は本の返却を求めるものだが、定型文のあとに奇妙な一文があった。

〝みはらどの。やくそくをはたされよ、としよやしきにまいられたし。〟

「あのメール、ワガハイが書いたの？」

疑いの目を向けると、猫はばかにしたような顔で前脚の肉球を舐めた。

「キーボードが打てるのはニンゲンだけだと思ってるのかい？　いやだねー、遅れてるねー、オレ様の大先輩ムルさんはニンゲンの原稿の裏に自伝を書いてたぞ。それがごっちゃになって出版されて、ちょっとしたベストセラーになってたな。もう二百年以上昔さ。いつの時代もにゃんこ様は器用であらせられるんだよ」

「……………本気で言ってる？」

「こんなことで嘘ついてオレ様に得があるのかい？」

「でも変じゃない？　何年もメールを送ってたなら、お父さんはずっと無視してたってことでしょ。なんでいまさら」

「こっちが訊きたいね。心境の変化でもあったんじゃないか？」

千冬の海外出張だろうか。しかし出張は何ヶ月も前から決まっていた。太一がホームステイに行けと言い出したのは唐突だった。

もっとも、娘をほったらかして妻に会いに海外へ飛ぶような父である。理由を考えるだけむだだろう。毎日SNSで連絡してくるが、アンは冷たくあしらっている。

だいたい、いまお父さんのことで悩んでる場合じゃないし。

重要なのはもみじの件だ。この謎を解けば図書屋敷と迷宮を救う手がかりが得られるかもしれない。

絶対答えを見つけなくちゃ、とアンは息巻いた。

3

翌朝。眩《まばゆ》い光で目が覚めた。遮光カーテンの隙間から日が射している。枕元のスマホを手探りして画面を見た。日曜、早朝五時。

五時かあ、とアンは枕に顔を埋《うず》めた。しかし眠気は戻ってこなかった。

顔半分枕に沈めたまま、パステル調の室内を眺める。アコーディオンデスクもパッチワークのベッドカバーも、ここで暮らした人が好きなものだったのだろうか。

「この部屋にもみじ君がいた……」

実感は湧かなかった。スマホで調べてみると、もみじの情報は簡単に出てきた。

伊勢もみじ。高校一年生。著名な文学賞に『恋雨とヨル』を応募、同作が最年少で大賞を受賞し、鮮烈なデビューを果たした。

学業に支障をきたすため、詳細なプロフィールは非公開。しかし『恋雨とヨル』が女子高生の一人称であることから自伝的小説だと見る向きが一般的だ。伊勢もみじといえば表紙に描かれた長い黒髪のセーラー服の少女とイコールだ。

現役高校生の等身大の悩み、学校での居場所のなさ、恋愛模様を描いたその作品は、瑞々《みずみず》しい感性と洗練された流麗な文体が高く評価された。一方、年齢だけの話題作り、若い女は得、イタイ、思春期女子の自己満足、と心ない声も目立つ。

「もみじ君、男の子だけどね」

関係者以外知り得ない情報とはいえ、イメージとは恐ろしい。

『恋雨とヨル』は瞬く間にベストセラーとなり、翌年には映画化、小説はミリオンヒットを記録した。『恋ヨル』の名で親しまれ、刊行から十年以上経つ現在も人気は根強い。しかし、もみじはデビュー作以降、一作も発表することなく消えた。

SNSでもみじのアカウントを探したが、それらしいものは見つからなかった。

アンは枕を抱えてうつぶせになり、考えを巡らせた。

「〈著者〉とか〈登場人物〉の姿形はその作品を読んだ人のイメージで決まる……読んだ人の想像力で外見も性格も違ってくる」

利用者がいなくなり、迷宮の住人はおしなべて灰色に溶けた幽霊になった。そんな中、もみじだけが現実の人間と遜色のない実体を得ている。

熱心な読者がついているのだ。〈モミの木文庫〉の蔵書検索に『恋雨とヨル』が引っかからない以上、その著書を読めるのは屋敷の人間にかぎられる。

「そっか、ノトさんたちが現実のもみじ君を知ってるから〈著者〉のもみじ君も男の子なんだ。ということは、あの三人のうちの誰かは絶対に本の場所を知ってる……」

もみじはここでどんなふうに暮らしたのだろう。ノト夫妻やセージとの関係は。なぜ屋敷にいて、どこに行ってしまったのか。SNSを深掘りすれば現在のもみじの動向がわかるかもしれない――それこそ、本人が望まない情報まで。

ぞくりと背筋に冷たいものが走った。

嫌な記憶が蘇り、耳の奥にひそやかな話し声とSNSの通知音が聞こえる。

アンはスマホを放り、ぎゅっと目を瞑《つぶ》った。

全部昔のこと、関係ない、大丈夫。そう自分に言い聞かせると、波立った心は少しずつ落ち着いていった。息を詰めていたことに気づき、長い溜息をつく。

「ネットもSNSも調べなくていいや」

どこまで本当かわからないし、もみじもそんなふうに調べられたくないはずだ。

頭からふとんをかぶり、思考を遮断するように目を閉じた。身じろぎせずにいるとい
つの間にか眠っていたらしい。目覚ましのアラームが鳴り、いつもの生活が始まった。

午前九時四十分。図書館の開館時刻が近づくとアンは掃除を切り上げた。前日に伝言
がない場合、さゆりは大抵、午前中に来る。
受付に着く前に『シャーロック・ホームズの冒険』を借りようと図書室に立ち寄ると、
本棚には出版社の異なる『シャーロック・ホームズ』が四つあった。
もみじの話どおり、巻数表記がないものが多い。その上、タイトルが微妙に異なって
いたり、全七巻や全十巻だったりと構成がばらばらだ。
「うっわ、複雑……。知らなかったら、どれ借りていいか絶対わかんなかった」
何冊か捲り、読みやすそうな文庫に決めた。文庫の第一巻はもちろん『冒険』だ。アン
棚から本を引き出したとき、並びに二冊分の空間が空いていることに気づいた。アン
より先に誰かが借りているらしい。
貸出手続きを終えたのは開館の十分前だ。入り口を開けるには少し早い。どうしよう

かと考えていると、ホールの内扉が開いた。

長身の青年が頭をぶつけないように身をかがめ、のっそりと図書館側に出てくる。

アンは慌てた。逃げ隠れする理由はないのだがセージとふたりきりは間が持たない。

とっさに受付の内側に座り、手にしていた本を開いた。

青年がカウンターに来ると、アンはいま気づいたかのようにふるまった。

「お、おはようございます」

おはよう、と低い声で言う。セージは腕に抱えた書籍の返却手続きを始めた。

あれ？　あの本の表紙って。

あっ、と声がもれると、青年が顔を上げそうになった。

慌てて本の陰に顔を引っ込め、夢中で読んでいますという体でやり過ごす。

セージがカウンターから離れると、アンはこっそりとその後ろ姿を窺った。

青年が小脇に抱えた本の中に、アンが手にしたものと同じ装丁の書籍がある。『バスカヴィル家《け》の犬《いぬ》』と『シャーロック・ホームズの生還《せいかん》』だ。

「なるほどね、迷宮のホームズの顔が変わったのはセージさんが読んだ影響か」

事実がわかり、得意な気持ちになった。見聞きした情報だけで事実に行き着くなんて探偵みたいだ。

そう思ったとき、たまたま開いたページに書かれたセリフが目にとまった。

〝きみは見てはいるが観察はしていないのだよ。その差は大きい。〟[3]

「そっか、私にもホームズの発想が必要なんだ」

隠された著書やもみじのことを調べるにしても、闇雲に進めては時間がかかる。ただ眺めていてはだめだ。集めた情報を分析し、観察しなければ。

思い立ったら行動だ。アンは『シャーロック・ホームズの冒険』を閉じ、いつも持ち歩いているトートバッグからルーズリーフとペンケースを取った。

記憶を辿りながら、これまで見聞きしたことをつらつらと記す。

・もみじ君の小説『恋雨とヨル』は図書館にない。
・ワガハイ「その本は絶対ある。蔵書票がついた〈モミの木文庫〉」隠されてる？
・リアルもみじ君の現在は不明。ネット、ＳＮＳに情報なし。
・〈著者〉、〈登場人物〉はその本を読んだ人たちの想像力でできている。
・迷宮のもみじ君はセージさんのことを知ってて、嫌ってる。
・もみじ君は灰色じゃない＝屋敷の誰かがその本を熱心に読んでる。

続きを書こうとしてシャープペンシルを持つ手が止まった。

「これ、おかしくない？」

『恋雨とヨル』は小説だ。それなら迷宮に生まれるのは〈著者〉のもみじではなく、〈登場人物〉の女子高生だろう。だがそんな子に会ったことがない。

「ん？　あれ…………どういうこと⁉」

以前、〈著者〉と〈登場人物〉の違いについてワガハイが話していたはずだ。あれは夏目漱石を見かけたときだ。

――本人じゃない、〈著者〉だ。エッセイ、手記、回顧録、作家論。〈モミの木文庫〉の蔵書のイメージがまざってできてる。

「そうだ、〈著者〉は物語の外の人だっけ」

人となりを知るには、作家自身に焦点を絞った情報が必要だ。そうした書籍があって初めて、迷宮に〈著者〉が生まれる。ということは。

ドキッと心臓が大きく鳴った。

「まさか……そういう本があるの？」

その本には、伊勢もみじが本好きであること、セージを嫌っていること、小説家としてデビューして女の子と間違えられたエピソードが記されているはずだ。

小説ではない。伊勢もみじの内面が赤裸々に綴《つづ》られたもの――もみじのエッセイかなにかがあるのだ。それも蔵書票が貼られ、〈モミの木文庫〉として読める状態で。

その事実が示す真の意味に気づき、アンは口許を手で押さえた。

「未発表の作品……！　伊勢もみじが残した、個人的な本があるんだ！」

一作で姿を消した謎のミリオンセラー作家だ。作品の人気もさることながら、非公開の来歴に興味をかきたてられる。手記が出版されたら大反響間違いなしだ。

「だからワガハイは〝一発逆転〟とか〝一攫千金〟って言ったんだ」

手記の出版はだめでも、現実の伊勢もみじと交渉して図書屋敷で公開できれば、利用者は爆発的に増えるだろう。迷宮は力を取り戻し、屋敷に恩恵がもたらされる。土地の問題だって解決できるかもしれない。

夢物語に思えたことが急に現実味を帯び、興奮した。

「見つけなくちゃ。絶対屋敷のどこかにある、それさえ探し出せれば――」

「なにを探すって？」

いきなり聞こえた声にアンは椅子から飛び上がりそうになった。

鍵を手にしたノトが廊下にいた。いつの間にか開館の十時を過ぎている。

「アンちゃん、すごく真剣な顔してたね。探し物なら手伝うよ？」

もみじの手記のことを訊こうとして、思いとどまった。

この話題をするときは注意しろ、とワガハイに言われたではないか。屋敷と迷宮は表裏一体。どんな影響があるかわからない。

「えっと、その、ええ……えぞ、エゾのネズミって知ってます？」

思いついたことを口にすると、ノトは目を白黒させた。

「エゾヤチネズミ？」

「それです、たぶん！」

「ときどき庭にいるよ。苗木をかじったり、エキノコックスっていう寄生虫がついてたりして危ないから、ありがたい生き物じゃないんだけど」

そういえばワガハイが、ブサイクちゃんって呼んでたような……。

凶暴な顔つきの小動物が脳裏に浮かび、ネズミの話題を出したことを後悔した。しかしノトはすでに館内貸出用のタブレット端末を手にしていた。

「古今東西、ネズミが活躍する物語はたくさんあるね。世界一有名なキャラもネズミだし。人気がある分、実際にその動物に近づくときは知識がないとだめだよ」

はいどうぞ、と差し出された端末の画面はネズミのサムネイル画像で埋めつくされていた。その姿を目の当たりにし、アンは束の間、絶句した。

「か……っ、かわいい！」

赤錆色《あかさびいろ》の毛と黒毛の混じった、まん丸の小動物だ。小さな鼻にボタンみたいにくりっとした黒い瞳。丸い耳は体毛にまぎれ、顔の輪郭の一部みたいだ。

アンが目を輝かせてタブレットを受け取ると、ノトは相好を崩した。

「この愛くるしさでギャングみたいだけどね。セージ君が一等好きなのもこのネズミだよ。セージ君、ネズミの出てくる物語が大好きなんだ。元気をもらうんだって。誰よりも小さいのに賢くて、すばしっこくて、小さな体に勇気が詰まってる」

タブレットには札幌市内で見られる動植物の資料や映像が収められていたが、エゾヤチネズミのフォルダが異様に充実しているのはそのせいらしい。

「受付にいるときは自由に見ていいよ」と言われ、アンは満面の笑みを返した。

ノトが行ってしまうと、夢中でタブレットの画像をスワイプした。愛くるしい写真や動画が無限に出てくる。

どうしよう、かわいい。かわいいすぎて視聴がやめられない。

「って、もみじ君の未発表作品のこと！」

断腸の思いで画面から視線を引き剝がし、端末をオフにした。深呼吸して、書き途中のメモに目を戻す。もみじの本を見つけなければ。

謎は大きくふたつ。未発表の本はどこにあるのか。誰が読んでいるのか、だ。

「…………どっちとも、セージさんなら知ってるんだろうな」

セージは図書屋敷の館長だ。蔵書票が貼られたもみじの本を知らないはずがない。

迷宮の少年がセージを嫌っているのも無関係と思えなかった。

改めて考えると、セージについては知らないことが多い。働きに出ず、部屋にこもりがち。昼夜逆転した生活を送り、なぜかいつも目の下にクマがある。痩せた狼を思わせる大きな体に鋭い目つき。無口で無愛想。お世辞にも話しかけやすいとは言いがたい。

悪い人じゃないと思うけど……話しかけるの、ちょっと怖いな。

悶々《もんもん》としながら別の方法を模索したり、タブレットを眺めたりしながら、さゆりが来るのを待った。時計の針が正午を指すのを見てアンは首をひねった。

「どうしたんだろ、さゆりさん」

そういえば昨夜は『君を包む雨』の〈登場人物〉を見なかった。

これまで、さゆりに本を貸すとその日のうちに迷宮が変化した。昨日は読まなかったのだろうか。

風邪かな、と気がかりに思いながら受付を閉めて昼休みに入った。

住居に戻るとノトがキッチンでパスタを茹《ゆ》でていた。オリーブオイルと香草のいい香りがする。リッカはテーブルに皿を並べながら壁際のテレビに目を奪われている。

「アンちゃんおかえり。もうすぐごはんだから座って待ってて」

ノトがトングを片手に言う。「手伝います」とアンはダイニングに入り、テレビの画面に目をとめた。古い外国のドラマらしく画面の両端が切れている。

映っていたのは黒のフロックコートを纏った紳士だ。高い鼻と灰色の瞳。理知的な顔立ちで、自信に満ちたしゃべり方をしている。

どこかで見たことがある顔だ。少しの間考えて、思い至った。

「シャーロック・ホームズ？」

昨日、迷宮で会ったホームズに似ているのだ。

リッカが嬉しそうに声を弾ませた。

「知ってる？　ジェレミー・ブレット。ちょっと前まで現代版シャーロック観てたんだけど、セージ君に頼んで小説持ってきてもらったら旧ドラマ版も観たくなって。やっぱりホームズといえばジェレミー・ブレットだ、世界一ホームズが似合うよ」

その言葉でアンはようやく得心がいった。

迷宮のホームズの顔が変わったの、リッカさんの影響だったんだ。

本を読んでいたのはセージではなくリッカだったのだ。最初は現代版シャーロックの印象で原作を読み、途中から旧ドラマ版を観始めた。その影響で〈登場人物〉は様々な時代のホームズの顔が混ざり合い、よりホームズらしいホームズになったのだろう。

「そうそう、さっき庭に新堂さんが来たよ」

不意にリッカに言われ、アンは目を瞬いた。

「新堂さん……っていうのは」

「咲百合さんだね。アンちゃんをお茶に誘っていいですかって」

さゆりさん図書館に来てたんだ？

風邪でなくてよかったと思う一方、なぜ受付に来なかったのか不思議に思った。たまたま席を外していたときに入れ違いになったのだろうか。

「三時にタベルナ新堂、咲百合さんの店に来てほしいって。近くよ、どうする？」

「ええと……じゃあ、行ってきてもいいですか？」

もちろん、とリッカは明るく笑った。

§

初めてのお呼ばれに普段着で行くのは気が引ける。アンは東京から持ってきたワンピースに着替えた。爽やかな色のミモレ丈で、大人びた印象だ。

約束の時刻が近づくとノトが車を出してくれた。屋敷から店までは徒歩十分ほどで、一度しか角を曲がらないが、ノトたちの感覚では徒歩五分でも車で移動するらしい。

まもなく白い外壁に赤い軒先テントの揺れる建物に着いた。南欧の民家のような趣で、入り口に〈タベルナ新堂〉の木製の立て看板がある。

ノトが行ってしまうと、急に緊張してきた。どきどきしながら店のドアを引く。店員を探そうとしたとき「アンちゃん」と店内の奥から声がした。グレイヘアをひとつにまとめたさゆりが窓辺の席で手を振った。

いくらかほっとして奥の席へ向かうと、さゆりが相好を崩した。

「まあ、かわいい洋服。とっても似合ってるわ。来てくれてありがとう」

「いえ、そんな。……あの、おまねき、ありがとうございます」

「私が誘いたかったの。昼は受付に寄らなくてごめんなさいね、バタバタしてて」

アンはさゆりの向かいに座り、店内を見渡した。皿やタイルが飾られた店内は家庭的な印象だ。地元の老舗といった風情で、分厚いメニュー表に歴史を感じる。

「ここ、さゆりさんのお店なんですね。老舗だって」

「そんな立派なものじゃないわよ、古いだけの家族経営。いまは娘夫婦が切り盛りしてるの。それよりケーキを選んで。どれも自慢の味よ」

さゆりがメニュー表を開き、一番人気や季節限定のものを教えてくれた。アンは一推しのカタラーナとアイスティーを注文した。

カタラーナはカスタードクリームの表面に焦がしたカラメルの層があるスイーツだ。クリームブリュレに似ているが、〈タベルナ新堂〉のカタラーナは三角にカットされ、果肉たっぷりのベリーソースが添えられている。濃厚でクリーミーなカスタードと酸味の利いたソースは絶品で、滑らかな口溶けがやみつきになりそうだ。

おいしいスイーツに会話が弾む。しかし、さゆりの表情はどことなく硬かった。楽しそうにしながら話に集中しきれていない様子だ。

「今日は謝らないといけないことがあるの」

だから改まった口調で切り出されたとき、驚かなかった。

「もしかして本、つまらなかったですか？」

さゆりが謝るとしたら昨日貸した『君を包む雨』くらいしか思い当たらない。アンはそう思ったが、さゆりは首を横に振った。

「そんなことない。あなたが選んでくれる物語はどれもすてき」

「じゃあ、謝るようなことなんて」

なにもない、と言おうとしたとき、硬い声が遮った。

「読んでないの」

「え？」

「あなたが選んでくれた本……読んでないのよ」

話が見えず、視線を返す。

さゆりは色をなくした唇で訥々《とつとつ》と言葉を継いだ。

「もともと老眼で、目がよくなかったの。近頃は物が歪んで見えて……いずれ失明すると言われたわ。いますぐどうこうって話じゃないの、年齢的なもので進行も遅いから。ただ……小さな字は潰れて見えないのよ。私は本を読むことができない」

口に入れたカタラーナの味が急にわからなくなった。クリームのまとわりつくような食感が気持ち悪くなり、アイスティーで流し込む。

「目……いつから、よくないんですか……？」

「去年の春」

がつん、と頭を殴られたような衝撃だった。アンは愕然としてさゆりを見つめた。

「………じゃあ……じゃあ一冊も？　本当に？」

婦人は一瞬泣きそうな表情を浮かべたが、目を逸らすことはなかった。

「黙っていてごめんなさい。あなたがあんまり嬉しそうで、言い出せなかった。でも昨日、あなたが好きな作品を貸してくれて、これじゃだめだと気づいて――」

音が、抜け落ちる。どくどくと脈動が鼓膜を叩く。気持ちが激しく上下して胃の中のものが飛び出しそうだ。感情が嵐のように渦巻いて思考が引き千切られる。

気がつくと、アンは店を飛び出していた。

「待って！」と声が追いすがるが、足が止まらない。とても失礼だとわかっているのに止まれなかった。アンは逃げた。走って走って、心臓が破れそうなほど走った。

「ああ……！」

最低だ。私また間違えた、またやってしまった。

次に目を開けたとき、世界は灰色だった。

一瞬どこにいるのかわからなかった。埃とカビと死。腐敗臭のする霧がじっとりと体にまとわりつく。アンは書棚に背をつけ、霧に霞む白亜の大扉を見つけた。

「迷宮……？　そうだ、図書室に入ったんだっけ」

さゆりの店を飛び出して屋敷に戻ったものの、誰にも会いたくなかった。スウィングベンチの秘密の庭に逃げ込み、スマホの入ったトートバッグを座面に放った。夕食までそこで過ごすつもりが、日が傾くと羽虫の大群が出て、とても我慢できなかった。

スマホは館内に持ち込めない。バッグをその場に残して利用者がまず来ない奥の図書室に入った。そこでうつらうつらとして寝入ってしまったようだ。

迷宮は危険だ、早く出ないと。そう思うのに腰を上げる気になれなかった。

——読んでないの。あなたが選んでくれた本……読んでないのよ。

さゆりの声が耳に蘇り、ぎゅっと心臓が締めつけられる。

さゆりはアンと出会う以前から目の病気を患っていた。本など読めるはずがない。嘘をついていたのだ。初めて会ったときから、ずっと。

「違う、私が嘘をつかせたんだ」

初めて図書館に誘った日、さゆりは困った顔をした。失敗談にも手がかりがある。生姜と辛子のチューブを間違えるのも、支払いでポイントカードを出すのも、車が使えないのも、全部視力に関係しているではないか。

親身に話を聞いていたら視力のことに気づけたかもしれない。少なくとも、さゆりはもっと早く目のことを打ち明けてくれただろう。

さゆりは見知らぬ土地で過ごす一人ぼっちのアンを不憫《ふびん》に思い、付き合ってくれただけだ。それを、なにを得意げに。

気を使わせて、世話をさせただけ。それなのに本を貸し出せたと自分の手柄のように威張って。独りよがり。自己満足。私は昔からそうだ、最悪だ。

膝を抱え、額を膝頭に押しつける。

アンが発するじめじめした気配にあてられ、周辺の床や書棚にキノコが生えていた。陰鬱さが濃くなるほどキノコはファンシーな色や形に育ち、心の根深いところから育ったカブがキノコの陰からひっそりと顔を覗かせる。アンがすっかり腐ると、灰色の迷宮にあってその一角だけが妙に明るく毒々しい色彩に埋まった。

どのくらい経った頃だろう。ぐずぐずに腐った絨毯を踏みしめる音がした。

「もうすぐ夕飯の時間じゃない？　帰らないとおうちの人が心配するよ」

顔を見なくても声と話し方で誰かわかる。

身じろぎせずにいると、もみじはキノコに埋もれたアンの隣に座った。

「なにかあったんだね。誰かに嫌なことされた？」

違う、と喉でうめく。

私が最低なだけ。そう認めると、胸に苦いものが込み上げた。

「……さゆりさん、目が悪くて本が読めないんだって。去年から悪くて、字が見えないって。私、むりやり貸してたんだよ。さゆりさんがニコニコ聞いてくれるから気づかなかった。本当は嫌なのに、付き合わせてたのわかんなかった」

自分が恥ずかしい。ちょっと上手《うま》くいくとすぐ調子にのって、相手の気持ちに気づけない。いつもいつも、どうしてこうなんだろう。

ぽん、と書棚でキノコのかさが弾けた。胞子がアンの髪につき、カブとキノコのまじった気味の悪い新種に育ち始める。もみじはそれを優しく手で払った。

「本当に本が読めないなら、どうして『クローディアの秘密』は息を吹き返したんだろう。あんなに鮮やかに。メトロポリタン美術館の中もすごかったよ」

もみじはピッピがトミーとアンニカと一緒に木の上でコーヒーを飲むところも、ルイーゼとロッテがそれぞれの親元へ旅立つのも見たと話した。

どちらもアンが選び、さゆりに届けた小説だ。この数日、いや、この十数年でそれらの作品を読んだのはさゆりだけだろう。

「コホン。〝見えなかったのではなく、気がつかなかったんだよ、ワトスン。きみはどこを見るべきか知らないから、大事なものをみんな見落としてしまうんだ〟」[4]

もみじらしくない口調に目線を上げると、少年はほほえんだ。

「シャーロック・ホームズの言葉だよ。大切なのは観察だ。アン、迷宮は嘘をつかない。

さゆりさんは本を楽しんで想像力を分けてくれた。その事実をアンも目にしたね。もう一度さゆりさんと話してみて。必ず理由がある」

その言葉に心が揺らぐ。そうかもしれない。だが、踏み込めない。

蓋をしてしまいこんだ記憶が揺さぶられる。教室のざわめき。ＳＮＳの着信音。無言の人々の目。鋭い痛みと共に級友の言葉が蘇る。

『被害者ぶって。加害者じゃん』

ぞっとして、全身が強張った。

そうだ……わかってる、忘れてない。私がなにかしたって、どうせロクなことにならない。都合のいい期待をして、振り回されて、またばかを見るだけ。

書棚に手をついて立ち上がり、遠くに見える大扉のほうへ歩き出した。

「アン？　待って、話したいことがあるならぼくが聞く」

もみじの声は届かなかった。とぼとぼと薄暗い通路を抜け、現実に繋がる扉をくぐる。あたりが白み、意識が引っ張られるのを感じた。

次の瞬間、見慣れた風景が眼前にあった。たくさんの本棚が並ぶ図書室には紙とインクの匂いにまじって真夏の草いきれがした。現実に戻ったのだ。

壁掛け時計の針は六時を指そうとしているが、窓の外は昼間のように明るい。

図書室を出てスウィングベンチに放ったトートバッグを回収し、屋敷の端にある籾家の玄関を入る。廊下は薄暗く、ひんやりとしていた。

「アンちゃん？　おかえり」

二階への階段を上がる途中、ダイニングからノトが顔を覗かせた。

「電話くれたら迎えに行ったのに。新堂さんのところ、楽しかったかい？」

はい、とむりやり口の端を持ち上げる。薄暗くて見えないだろうと思いながら、平気なふりをするのがやめられない。

「でも食べ過ぎたみたいで……お腹痛いから今日はもう寝ます」

「平気？　胃薬いる？」

「大丈夫です。夕飯、用意してもらったのにごめんなさい」

アンは逃げるように階段を上がり、自室の鍵をかけた。着替えもせずにベッドに潜り込む。なにも考えたくなかった。眠ろうとしたが眠気はやってこない。それでも暗闇でじっとしていると、いつしか眠りに落ちていた。

浅い眠りは悪夢を垂れ流した。頭が鳥や魚の人々。教室でテストを受けていたはずが、電車に乗っていて、行き先がわからずドアから降りる。場面が飛び、アンは埃だらけの巨大な食品ラップに絡まっていた。身動きが取れず、おぼれるようにもがいた。ぐしゃぐしゃ、ばりばり、ざわざわ。低くうなる同級生の話し声。ＳＮＳの通知音。嘲笑。アンの手を強く摑み、正面の人を叱責する千冬の背中。失望した太一の眼差し。不安で歪んだ記憶はどこまで現実か区別がつかなかった。

屋敷のどこかで深夜0時を告げる時計の音が響いた。

かすかに意識が覚醒し、混沌《こんとん》とした夢から屋敷の部屋に風景が変わる。廊下で猫が鳴き、ドアをひっかく。アンは固く目を閉じた。耳を塞ぎ、うずくまる。

もう夢を見ることはなかった。

4

翌日。初めて図書館の仕事をサボった。

目を覚ますと朝九時を過ぎていて、ノトとリッカは仕事に出たあとだった。用意されていた朝食を食べ、食器を片付ける。いつもは〈モミの木文庫〉に直行するが、なんの意欲も湧かなかった。それに図書屋敷にさゆりが来たら……。

考えただけで足が震えた。トートバッグを手に逃げるように屋敷を出たが、行くあてなどない。スマホで調べても徒歩圏内にファミレスやマックはなく、同い年くらいの子たちが見慣れない顔のアンに好奇の目を向けた。

視線が痛い。よそ者だと言われているみたいで、顔を上げられなくなる。

逃げるように道を変え、炎天下の町を歩き続けた。

中島公園《なかじまこうえん》に着いたのは幸運だ。天文台や回遊式の日本庭園を有する大きな公園は人出が多く、アンに不審の目を向ける人はいなかった。

水辺の木陰にある三人掛けベンチに座ると安堵の息がもれた。

風が巨木の枝葉を揺らし、熱い日差しがざわざわ揺れる。時折ボートが楽しそうな笑い声をのせて通りすぎていくのをぼんやりと眺めた。

太陽がじりじりと天頂へ昇っていく。正午を過ぎてもアンはそこにいた。背中がベンチに張りついたみたいだ。喉が渇いた気がしたが、どうでもよく思えた。

なにもしたくなかった。なにも考えたくない。心が疲れて、息をするのも億劫《おっくう》だ。

目を閉じようとしたとき、ベンチに誰か座った。何気なく顔を向け、意外な人を見つけた。きつい三白眼の青年が大きな体を縮めるようにして端に腰掛けている。

セージは正面に顔を向けたまま、ベンチの中央に赤いキャップの飲み物を置いた。

つられて視線を向けたアンはぎょっとして二度見する羽目になった。

小ぶりの瓶は醬油《しょうゆ》のように真っ黒だ。瓶自体は焦げ茶色のようだが、中の液体が黒い。さらに瓶には白い文字でこう書かれていた。

コアップガラナ。

謎のカタカナの上にはフレッシュドリンクと英語表記がある。黒い液体でフレッシュ。

コアップとは。ガラナとは。

「……なんですかこれ」

「コアップガラナ」

呪文かな。

「北海道といえばこれだ。みんな、これを飲むと元気になる」

強面の青年が言うと不穏だ。セージは手にしていたもう一本の瓶を開け、直接口をつけた。喉仏が動くのを密かに観察して少し待ったが、体に異常はなさそうだ。

そうとわかると急に喉の渇きを覚えた。屋敷を出てからなにも口にしていないのを思い出す。誘惑に負け、アンは瓶の赤いキャップをひねった。プシュッ、と炭酸の小気味いい音がする。少し迷ったが瓶に口をつけて、えい、とあおる。

冷たい液体が喉を滑り落ちた。独特の強い甘みとほんのりした苦みを炭酸の清涼感がさらっていく。不思議な風味だが、似たものを飲んだことがある。

「……コーラみたいですね」

「……コーラがコアップガラナみたいな飲み物なんだ」

そこは譲らないんだ。

まじめくさった口調がおかしい。思わず笑うと、肩の力が抜けた。

ふたりは互いのほうを見ることなく、並んでコアップガラナを傾けた。会話はなかった。沈黙が心地よい。爽やかな風が水面《みなも》を渡り、八月の日差しがきらきらと躍る。瓶がからになると腕や首にあてて涼を取った。時間は穏やかに過ぎ、いつしか瓶は体温と同じぬるさになっていた。

「なにも訊かないんですね。受付の仕事放り出してなにしてるんだとか、なんで勝手に出て行ったのかとか」

「そんな日もある。俺は……そんな日ばかりだ、何年も」

意外だ。威圧的な風貌の青年は怖い物なしだと思っていた。これほど強そうなセージでも事情を抱えていると思うと不思議な心持ちになった。

それに、きっとこの人は同情しない。気遣ったり、慰めたり。

口下手だからこそ、本当のことしか口にできないのだ。

そうわかると張り詰めていた心の糸が緩み、唇から言葉がこぼれた。

「私、人の気持ちがわからないんです。独りよがりで視野が狭くて。だから気をつけようって思ってました。それなのに……また失敗しました」

「そうなのか？」

純粋な驚きを含んだ声にうなずこうとして、動けなかった。

そうだ、と頭が答える。違う、と心が言う。

――わからない。

本当は、ずっとわからなかった。昨日から考え続けている。三年前から。あの日から、あの瞬間から、ずっと。

蓋をして心の奥底に沈めた感情が気泡のように浮かんでくる。

胸が締めつけられ、抱えきれなくなった苦い思いが弾けた。

「中学に入ってすぐ……クラスの女の子がグループから外されたんです。私は違うメンバーといたけど、その子、席が私の前で」

唐突な話にセージは困惑しただろう。だが一度口に出すと止められなかった。

中一の春。前の席の子がクラスの中心的な女の子に目をつけられた。

きっかけは些細《ささい》だ。ヘアゴムの色が少し明るいとかプリントを渡したとき不機嫌に見えたとか、そんな、どうでもいいこと。だがそれを境に彼女はクラスで浮き、一人で昼食を食べるようになった。そこだけ空気の流れが違うみたいに誰もが彼女を避ける。

親や先生には相談できない。チクったと思われたら、どんな仕返しがあるかわからない。しかし毎日目の前で繰り返される無邪気な悪意にアンの心は削られた。

「誰にどう相談したらいいかわからなくて、有名な俳優のＳＮＳの相談コーナーにどうしたらいいですかって送ってみたんです」

ベテランの男性俳優で、教師の当たり役もある。オフでも人柄がいいと評判だった。その評判どおり、俳優は親身にアンの質問に答えてくれた。

『いじめられている子と友だちになろう。もしかしたら君もいじめられるかもしれないね。でも大丈夫、君の隣には唯一無二で最高の友だちがいるじゃないか』

当時の言葉を一言一句たがわずに口にすると、セージは背中から刺されたような形相になった。その表情を見てアンは妙に腑に落ちた。

やっぱり大人にはわかるんだ。

きれいな言葉が持つ危うさを、理想の先に起こる現実を見抜いている。だが当時、小学校を出たばかりのアンはわからなかった。

それでいいのかと驚き、弱い心を見透かされた気がして恥ずかしくなった。アドバイスに従うのは怖かったが、勇気を振り絞って行動に移した。

そして、すべて失った。

はぶられていた女の子は元のグループに合流し、アンが次の標的になった。それまで一緒にいたメンバーの助けを期待したが、そんな危ない橋を渡るばかな子はいない。

アンは孤立し、クラスの空気になった。それでも一過性のことだったはずだ。黙って耐えれば、そのうちターゲットは別の子に移る。モヤモヤしたものを抱えながらアンは何事もなかったかのように前のメンバーと昼食を食べただろう。

だがそうはならなかった。事態を知った千冬が激怒したからだ。

「千冬さ……お母さんは、私を産んだお母さんじゃないんです。再婚で。そのせいで余計に一所懸命、私を守ろうとしてくれました」

学校の対応はもとより、無責任な発言をした俳優に事務所を通じて抗議、謝罪させた。それ自体は内々のことだったが人の口に戸は立てられない。

ベテラン俳優のアドバイスを問題視する声は当初からSNS上にあり、謝罪をきっかけに投稿は掘り起こされ、炎上。一連の騒動はニュースで報道されるまでに至った。

セージは凍りついたように動かない。アンは苦笑いした。

「ばかですよね。私が悪いんです、考えなしだから大勢に迷惑かけたんです」

誰かを責めたり、罰したかったりしたわけじゃない。まして俳優の謝罪がほしかったわけでも。自分が浅はかだからバチがあたったのだ。

『あの俳優の炎上、美原さんのことだよね？』『ひっど、好きな俳優だったのに美原さんのせいで叩かれてる』『独りよがりだな』『炎上仕掛け人』『被害者ぶって、加害者じゃん』『気をつけろよ、こんなこと言ってるとここも俺たちも炎上だよ』

クラスのSNSにそんな投稿が上がってくるのに時間はかからなかった。

遠巻きにクスクスと笑われ、陰口が聞こえる。授業中アンを飛ばしてメモが回され、紙くずが投げられた。だがそれもすぐに鳴りを潜めた。

その頃には千冬の断固たる対応が知れ渡り、アンをいじめようものなら裁判も辞さないと認識されていたからだ。

アンは学校中の腫れ物だった。おかげで面と向かって暴力を振るわれたことはない。殴られたり、水をかけられたり、私物を踏みにじられたりもしなかった。でも……。

転校の話が出たのは中一の夏休み前だ。当時は太一の実家と同じ市内に暮らしていたが、千冬の転勤で都心へ移ることになった。それが表向きの理由で、本心が別のところにあるのはわかっていた。

新しい学校でアンの炎上騒ぎを知る者はいなかった。いたのかもしれないが情報が消費されるのは早い。日夜、世界中の事件や騒動が取り上げられ、動画つきで過激な内容が共有される。伝聞だけのアンの事件は早々に埋もれたのだ。

あの日から三年。平穏な毎日を送っている。もう全部過去のこと。当時の記憶は薄れ、いつかアン自身もそんなこともあったなと忘れられるはずだ。

そのはずなのに、SNSの着信音に胸がひやりとする。街中の人が自分を見て笑っている気がする。そんなはずない、ばかみたいだ。

『被害者ぶって、加害者じゃん』

弱気になるたび、級友の言葉が鈍く胸をえぐった。冷水を浴びせられたように体が萎縮し、泥のついた靴で踏みにじられたみたいに胸が痛い。ぶたれるよりもずっと長く、鈍い痛みがまとわりつく。どうしたら許してもらえる？

答えを見つけることはできなかった。

どこかで級友の言葉は理不尽だとわかっている。なにもしなかった人たちに意見される筋合いはない。そう思う一方で、名前のない罪と叱責の数々が染みついて離れない。だから考えない。全部過ぎたことだから。高校に入って環境が変わった。千冬さんとも仲は悪くない。みんなとうまくやっている。

それなのに人との心の距離はいつまで経っても埋められない。家でも学校でも、自分がいるだけで空気がおかしくなる気がする。

「注意しよう、気をつけようと思ってるのに、うまくいかないんです。空回りして、まわりを不快にさせてばっかり。さゆりさんにまであんな顔させて」

アンはきつく唇を噛みしめた。

悔しかった。なにに対して悔しいのかわからない。熱くて苦いものが込み上げ、感情の激流にのまれそうになる。たまらなくなり、ぎゅっと耳をつねる。

だが、その直前でなにかにぶつかった。

目線を上げると、セージの大きな手がアンの耳を守っていた。

「人の考えを尊重するのは大切だ。同じくらい、君の考えも大切だ。優劣はない」

低い声でぼそぼそと言い、「だから」と言葉が続く。

「痛みで気持ちを殺すな。心が痛いときに別の痛みでまぎらわせるのは……悲しい」

アンはまばたきを忘れた。

気持ちがぐしゃぐしゃになったときや言い表せない感情で胸が詰まったとき、耳をつねっていた。言葉にできなかった感情を痛みが消してくれるからだ。

無自覚だった癖の意味に青年は気づいていたのだ。

そのときになってアンは初めてセージの顔を見た気がした。青年の瞳は不思議な色をしていた。明るい茶の中にわずかに青色がある。

「よく頑張ったな。もう自分を責めなくていい。世界にはいろんな人がいて、いろんなことを考えてる。少し噛み合わなくて、うまくいかない日があるだけだ」

どうして気づかなかったんだろう？

本棚が倒れてきたとき、セージは身を挺して守ってくれた。『おおきなかぶ』で本が苦手になったと話すと、大まじめに「俺はネズミだ」と打ち明けた。

青年は目つきが鋭い。痩せた狼みたいな威圧的な風貌で、不器用で言葉が足りなくて、おまけに不機嫌そうにぼそぼそしゃべるから余計に怖い。

だけど、優しい。

アンを慰めるために誰かを貶《おとし》め、正義を叫ぶことをしない。自分の価値観で人を量らず、あるがまま受け止める。セージはアンがこれまでに出会った誰よりも優しかった。

青年は困ったような、どこか寂しげな表情で囁《ささや》いた。

「君が小さくなることはない。……君は君のままでいいんだ」

あたたかなものが心に染みて、目頭が熱くなる。

アンの瞳が涙で揺れると、セージはのっそりと体の向きを変えて背中を見せた。

「でかいから、壁くらいにはなる。大丈夫だ。俺がいると……誰も来ない」

射殺すような眼差しを遊歩道に投げたのか、デート中らしきカップルが「ヒッ」と急ぎ足で逃げていった。アンは小さく吹き出した。

おかしくて笑ってしまうのに、次から次に涙が溢れた。

§

「ありがとうございます。もう大丈夫です」

数十分後、アンは涙の痕を拭って大きく息を吸った。

身じろぎひとつせず壁に徹していたセージが遠慮がちに体の向きを戻す。

まだ目が腫れているのが自分でもわかった。照れくさいような恥ずかしいような気持ちがしたが、嫌な気分ではなかった。

「これから人に会ってきます。戻ったら……私の話、聞いてくれますか」

図書迷宮ともみじのことを話し合いたい。いまならそれができる気がした。

セージはゆっくりとうなずいた。その答えで充分だ。

アンはトートバッグを手に立ち上がった。

さゆりに会わなければ。顔を合わせるのはまだ怖いが、不思議と活力が湧いた。セージと話したからだろうかと考え、次に謎の黒い炭酸飲料を思い出し、小さく笑った。コアップガラナ。飲むと元気になる、デンジャラスな飲み物だ。

スマホの地図アプリに従って〈タベルナ新堂〉に着いたのは二時半を過ぎた頃だった。いざ店の前に来ると、勇気はしぼんだ。なんて声をかけて入ろうか。

考えあぐねていると、いきなりドアが開いてさゆりが出てきた。

「アンちゃん！　ああ、よかった……！　ランチ時に籾さんが来て、あなたを探してたの。私に会いにこなかったかって」

セージさん、ずっと探してくれてたんだ。

心配させた上に図書館の業務を放り出させてしまった。あとできちんと謝ろうと胸に留め、さゆりにセージと会えたことを伝えた。それからアンは頭を下げた。

「昨日は勝手に帰ったりして、すみませんでした。もしできたら……昨日の話の続きをしてもいいですか」

さゆりは眉尻を下げ、店の扉を大きく開けた。

通されたのは昨日とは別の席だ。入り口を入ってすぐ右手にある小さな個室で、六人掛けテーブルが据えてある。

注文したアイスティーが届くと、アンの正面に座ったさゆりが切り出した。

「目がよくないこと、黙っていてごめんなさい」

「私のほうこそ、話の途中で飛び出してすみませんでした」

「ううん、アンちゃんが怒るのも当然だわ」

「……………あの、本当に本は読めないんですね？」

さゆりがうなずく。わかっていたことだが、目の前が暗くなるようだった。

やっぱりそうなんだ……本が読めないさゆりさんを付き合わせてたんだ。

本を貸したい気持ちが先に立ち、さゆりのことを考えていなかった。自己中。独りよがり。加害者。投げつけられた言葉が蘇り、背中に冷たい汗が滲む。しかし。

「あなたから『クローディアの秘密』を手渡されたとき、とてもワクワクした。子どもの頃、初めて読んだ外国の小説が『クローディアの秘密』だったから」

思いもしない言葉に顔を上げると、さゆりは目尻のしわを深くした。

「うちは貧乏でね、生活するので精一杯だった。娯楽なんてほとんどなかったの。そんなときにあの本を読んで……衝撃的だった。美術館に家出するって、なんて素晴らしいのかしら。ホット・チョコレートサンデーがどんな食べ物か空想したし、通学バスにも憧れた。家や学校で辛《つら》いことがあっても本を読めば全部忘れられたの」

懐かしそうに声を弾ませ、アイスティーを一口飲む。

「アンちゃんが『クローディアの秘密』のあらすじを話してくれて、どうしても読みたくなったのよ。読めないのは私が一番わかっていたのにね。でも……本に触れたら読めた。信じられないだろうけど、本当なのよ」

表紙を捲った瞬間、情景が溢れた。当時の厳しい暮らしや苦しさ、寒さ。炊事であかぎれだらけの指の血が紙につかないよう、服の端で挟んでページを捲ったこと。ひとたびページを捲れば、そんな痛みも苦しさも吹き飛んで物語に没頭したこと。

「たしかに字はよく見えないけど、手触りや挿絵がストーリーを教えてくれた。紙に移った図書館の匂いが懐かしくて、本棚の前に座って夢中でこのシーンを読んだなあって思い出したわ。……本は、それ自体で物語を語ってくれるのね」

古い友だちに再会したようだった、とさゆりは語った。

「子どもに戻ってクローディアと冒険したみたい。ううん、それだけじゃない。いまはフランクワイラー夫人の気持ちがわかるもの。ピッピのハチャメチャさも大人になってからのほうが痛快で愛《いと》おしい。ルイーゼとロッテの両親の気持ちも——なんて、こんなこと言っても信じてもらえないわよね。嘘をついたんだから」

本当に本が読めたかなど証明のしようがない。覚えていた内容を口にしているだけかもしれないのだ。だがアンは知っている。

灰色の図書迷宮が色鮮やかに色づいたことを。〈登場人物〉が駆け抜け、巨大なメトロポリタン美術館が出現するのを目の当たりにした。世界観は〈登場人物〉を中心に半径二、三メートル程度のはずが、さゆりの想像力は規格外だ。

　この事実だけでも、いかに物語を楽しみ、心を躍らせたかわかる。なによりも。

「信じます。だってさゆりさん、本の話をするとき、すごく楽しそうだから」

　その表情が演技だとは思えなかった。それにもうひとつ、気づいたことがある。

「『君を包む雨』が読めなかったのは、新しい作品だからですか？」

　これまで貸したのは古典的な児童書ばかりだ。さゆりが『クローディアの秘密』を気に入ったので同系列から選んでいたが『君を包む雨』は違う。

「ええ。最近の小説は読んでなくて。読もうとしたけど、うまくいかなかった。あなたがせっかく好きな本を教えてくれたのに……大切な作品を紹介してもらう前に視力のことを話すべきだった。ごめんなさい」

　だから『君を包む雨』の〈登場人物〉は迷宮に生まれなかったんだ。もみじ君が言ったとおり、ちゃんと理由があった。

　本選びは失敗していない。物語とさゆりの心はきちんと結べていたのだ。

　アンはほっとした。

「よかった……私、むりやり本を押しつけたと思ってました。さゆりさんの同情につけこんで嫌々付き合わせてたんだって。そう思ったら、いたたまれなくなって」

「そんなふうに思ってたの」

さゆりの表情が曇る。アンが怒って出て行ったと考えていたのだろう。

「――決めた」

そう呟くのが聞こえたかと思うと、さゆりが一息にアイスティーをあおった。カツン、とグラスをテーブルに置き、勢いのまま切り出す。

「年を取ると嘘ばかり上手くなってしまうの。でもそんなの言い訳だわ。私、そんなオババでいるのは嫌よ。もう二度とあなたに嘘はつきません、約束します」

そう宣言し、少し不安げにアンを見た。

「だから、また本を借りてもいいかしら……あなたが許してくれるなら」

「許すなんて！　いつでも来てください、私もさゆりさんと本の話がしたいです！」

かぶせ気味に答えると、さゆりは面食らった様子になった。少し遅れて、齢《よわい》を重ねた顔に少女のような笑みが広がる。

読書にも友情にも年齢は関係ない。その意味をふたりはこのとき知った。

楽しい時間が過ぎるのはあっという間だ。アンはケーキをご馳走になり、たくさんおしゃべりした。明日も会う約束をして店を出ると、午後五時半を過ぎていた。

帰り道を行く足取りは自然と弾んだ。

初めて図書屋敷を見たとき、とんでもないところへ来てしまったと思った。鬱蒼とした緑に埋もれた古めかしい建物に、無愛想で目つきの悪い青年。歓迎されていないのは明らかで、一刻も早く東京に戻りたいと願った。

そのはずが、いつの間にか屋敷を守るために奔走し、本を選び、感想を語り合う楽しみまで知ってしまった。

懐の深いノト夫妻がいて、不器用だけど心優しいセージがいる。

「あんなに優しいのに……なんでセージさんは迷宮を放置してるんだろ」

『クローディアの秘密』をアンに選んだのはセージだ。図書館でよく見かけるので、本嫌いでもないだろう。

両親が他界して急に迷宮の主になった戸惑いがあったにせよ、それだけで九年もほったらかしにするだろうか。もみじがセージを嫌っているのも気になる。ふたりはケンカ別れをしたのだろうか。

——君が小さくなることはない。……君は君のままでいいんだ。

そう囁いたときのセージの表情が瞼に浮かんだ。ほほえんでいるのにどこか痛みを抱えているような、寂しそうな目。

「なにかあったのかな……」

知らないこと、わからないことばかりだ。しかし不安はなかった。

道路の先に緑豊かな庭と古い西洋館が見える。真夏の日差しに建物がきらきらと輝いて、宝物を見つけたような気持ちになる。

アンはふっと笑い、屋敷に向かって駆け出した。

ここが好きだ。図書屋敷が、セージたちが好きだ。

嫌々始まったホームステイは、いつの間にかアンの帰りたい場所になっていた。

図書館の正面玄関を入ると、受付に不在の立て札と呼び出しベルが出ていた。開館中なので、どこかにセージがいるはずだ。午後六時の閉館作業は手伝えそうだ。

カウンターの内側に入り、鍵の束を手に取る。

そのとき、リッカが血相を変えて二階から駆け下りてきた。

「アンちゃん！ よかった、そこにいたの！ 大変だよ！」

「どうしたんですか、そんなに慌て――」

「太一さんが倒れた！ お父さんの会社の人が連絡くれて、さっきうちに」

声が耳から抜け落ちた。

たいちさんがたおれた。たおれた？

がしゃん、と物が散乱する音で我に返る。肩にかけたトートバッグが落ちていた。

「お父さん……倒れたんですか、上海で」

「違うよ、東京だよ！」

「は……？」

「太一さん上海に行ってないんだ。ずっと東京にいたの、入院することになって」

リッカさん、なに言ってるんだろ。お父さんは千冬さんに会いに行った。マンションは改装中で、私がお荷物だからホームステイに出して。それで、それから——

「とにかく帰ろう、緊急連絡先がうちになってて詳しい連絡が来るから」

呆然としながら散らばったノートとペンケースをバッグに詰め、カウンターを出る。足元がふわふわして絨毯が異様に柔らかく感じた。

「ごめんね、アンちゃん」

リッカが辛そうな顔で謝ったが、なぜ謝るのか、わからなかった。


発端は三週間前。太一の入院が決まったことだ。

会社の健康診断で引っかかり、再検査の結果、簡単な手術をすることになった。入院は数日。問題はその間の娘の生活だ。実家は頼れない。翌週にはマンションのメンテナンス工事が入る。そんなとき〈モミの木文庫〉からメールが届いた——

それはアンが知る経緯とはまったく異なる話だった。

ダイニングの固定電話から聞こえる声をアンは努めて冷静に受け止めようとした。受話器を持つ手に力がこもる。声をあげたくなるのを何度ものみこんだ。

電話の相手は太一。倒れたその人が病院から電話してきたのだ。

「──ていうわけ。本当に大丈夫だよ。検査でごはんを抜いてて、ふらついただけなんだ。それを会社の八田《はった》さん、ほら、お父さんをいまの会社に入れてくれた人。とにかく八田さんが驚いちゃって、こりゃ一大事だって籾さんちに連絡しちゃったんだよ。でもお父さんは元気だよ。手術痕が痛いけど術後も良好だって、ははは」

「笑い事じゃない！　手術ってなに、入院って……なんで黙ってたの」

いやー、と父はマイペースだ。

「検査でちょっと気になる結果が出ちゃって。おじいちゃんが似た病気で亡くなっただろう？　だから怖くて言えなくてさあ」

へらへらと放たれた言葉に、堪忍袋の緒が切れた。

「お父さん子ども！　怖いってなに⁉　怖くても現実に起きちゃったら、どうにかするしかないじゃん！　黙ってて病気がよくなるわけないでしょ⁉」

「だ、だって」

「だってじゃない！　勝手に決めて、上海にいるなんて嘘ついて、ノトさんたちにまで迷惑かけて！　なにかあったらどうする気⁉　私札幌にいるんだよ⁉　もし万が一お父さんになにかあったら──」

「だってアンが悲しむじゃないか！」

電話越しに大声が響く。その剣幕に気圧された。

「お母さんは海外なんだ、もしお父さんが帰れなかったらアンが家に一人ぼっちじゃないか……っ、嫌だよ、誰もいない家で俺の娘が独りで泣いてるなんて、そんなの嫌だ、悲しすぎるよ……！　怖かったんだ、アンが悲しむのはもう嫌だ」

ぐずっと太一は洟《はな》をすすった。

「でもだからっ、二週間乗り切れればいいって思って、お父さんが死にかけるパターンは考えなくて……札幌から遠すぎるっていま気づいた。ごめんアン、ごめんよお」

ああ、本当に。なんて父だろ。

大事なところがすっとんでいる。マイペースで能天気で。こうと決めたら、まわりがまったく見えない。

腹立たしいのに目頭が熱くなり、アンは袖口で目許を拭った。

「もう本当に元気？　体、大丈夫なの」

「大丈夫。あと数日したら運動や旅行もしていいって」

「そうなんだ……じゃあお父さん、来週ノトさんたちに謝りに来て」

「へっ？　ア、アンちゃん………帰って来てくれないの？」

「お父さんが迎えに来て！　ノトさんもリッカさんもセージさんも、すごくすてきな人だから。ご迷惑かけたんだから、ちゃんと会ってごあいさつしなきゃだめ！」

はい、と太一がしおしおと返事する。アンは涙の残る顔で笑った。

「早く元気になって。迎えに来て、お父さん」

「飛んでいく」

舌の根の乾かないうちにできないことを言う。仕方のない父だ。

それからリッカと電話を替わり、ホームステイ最後の日に太一が迎えに来ることが決まった。通話を切るとリッカはよく冷えたコーディアルを出してくれた。すっかり親しんだホームメイドの味に人心地がついた頃、リッカが神妙な様子で切り出した。

「ごめんね。私たち、全部知ってたんだわ。アンちゃんが来た日の夜にお父さんと電話で話して、術後が悪いと入院が長引くかもしれないって……。アンちゃん気遣い上手でしょ？　会ってすぐにわかった。だから太一さんがアンちゃんを心配させたくない気持ちもわかって。お父さんと相談して、入院のことは秘密にしようって決めたんだ」

初めて聞かされた真相をアンは意外な思いで受け止めた。蚊帳《かや》の外にされたことは心外だが、腹は立たなかった。

見知らぬ土地で父の身を案じながら不安な夜を過ごすくらいなら、北海道の暮らしや風景を満喫してほしい。そんな想いで団結したのだろう。

そこまで考えてアンは小さく吹き出した。

リッカが怪訝な表情になる。

「すみません、考えてみたらおかしくて」

いくらメールに魔法がかかっていたにしても、と心の中で呟く。

連絡をもらっただけで他人の家に娘を送り出す太一も太一だが、見知らぬ子どもに押しかけられて二週間くらい構わないか、と受け入れてしまうリッカたちもすごい。

アンがそう言うと、リッカはけろりとした顔で答えた。

「そこはほら、なんもお互い様さ」

ふたりは顔を見合わせて笑った。

今日は笑ったり泣いたり忙しい。一生分とは言わないが三年分くらい涙を流した気がする。早く休みたいが、まだ迷宮ともみじのことでセージとの話し合いが残っている。

リッカにセージの所在を尋ねると、思いもしない答えが返ってきた。

「セージ君？　いま仮眠中だよ。夜の十時過ぎないと起きてこないいんじゃないかな」

「そうなんですか？」

夕方から眠ってしまうなんて、ますます謎めいた暮らしぶりだ。

しかし、それなら話し合うのは明日でいいかもしれない。なにも慌てる必要はない。

むしろ今日の疲れをしっかり取り、腰を据えて話したい。

セージさんなら向き合ってくれる。私がぶつかれば、ちゃんと答えてくれる。

そんなふうにセージを信頼できることが嬉しかった。

昨日まで知らなかったことや、わからなかったこと。眺めているだけではなにも変わらないが、自分で考え、話し合うことで変えていけることもあるのだ。公園の水辺のベンチでセージと話したときのように。

心があたたかくなるのを感じ、アンはほほえんだ。

大丈夫。明日はきっと、今日よりずっとすてきな日になる。

確かな予感に胸が躍った。

その日は穏やかな夜だった。夏の星座が輝き、ゆったりと雲が流れていく。家人は眠りにつき、屋敷は静けさにくるまれていた。

屋敷のどこかで深夜0時を告げる時計の音が響く。

次の瞬間、塗り込めたような暗い闇の中に小さな明かりが灯った。

四角く切り取られた、人工的な光。図書館の受付台の下に落ちたアンのスマートフォンがひとりでに起動し、アプリ使用についての注意文が表示された。

『Wi-Fi未接続　モバイルデータ通信でインターネットに接続しますか?』

ざわざわと書籍がうなる。

悪夢が目覚めようとしていた。

〈引用文献〉二〇一ページ一行目／二一四ページ一四行目の〝〟内の文章はそれぞれ左記より本文を引用しています。

3　コナン・ドイル　石田文子訳『シャーロック・ホームズの冒険』三十三版、二〇二一年、KADOKAWA、九ページ
4　同、九九ページ

四冊目

『おおきなかぶ』　A・トルストイ再話

1

屋敷のどこかで深夜0時を告げる時計の音がした。アンが目を開けると、ピンクの肉球が眼前に迫っていた。すんでのところで脚を防ぎ、猫を睨む。

「なにしてるのワガハイ」

「なあに、昨日おサボりんで迷宮に来なかった不届きな見習いちゃんにお目覚めの肉球キッスをだな」

「いらないから」

猫の脚を避けて体を起こす。枕元のタブレット端末を見ると画面は消えていた。危なかった……寝る前にエゾヤチネズミの動画観てたの、バレたかと思った。ネズミを眺めながら寝落ちしたと知られたら、ワガハイが激怒するに決まっている。

「さあ、行くぞ。昨日サボった分コキ使ってやる」

ぽっちゃりペルシャはドアノブに飛びついて器用にドアを開けた。

少し遅れて廊下に出たアンは階段で猫に追いついた。

「ねえ、もみじ君の本のことわかったよ」

「そりゃ朗報だ。答えを言ってみろ」

ワガハイの舌には初代の魔法がかかっている。図書迷宮の秘密や主に関することは話せないのだ。しかし先に答えを言えば魔法をすり抜けられる。

アンは自信満々に推理を口にした。

「〈著者〉のもみじ君がいるのは、屋敷に伊勢もみじの未発表作品があるから！」

「ア？　なんだいそりゃ」

「違うの？」

なぜそう考えたか説明すると、猫が鼻を鳴らした。

「ハズレだ。未発表作品なんざ聞いたことがない。〈モミの木文庫〉にある伊勢もみじの著作は『恋雨とヨル』一作きりだ。間違いなくな」

「でも〈著者〉が生まれるのはエッセイとか作家論の本があるからでしょ？」

「小説だって無縁じゃないぞ。同じ作家の本を何冊も読むと傾向が見えるだろ。作家性ってやつさ。あとがきやプロフィールからも〈著者〉は形作られる。あの日もそのせいで――おい、なんの音だ？」

あの日？　なんのことか気になったが、猫は三角の耳を忙《せわ》しなく動かしている。

アンたちはクローゼットの廊下の内扉を抜け、白亜の空間に入っていた。これといって変わった様子はないが、どこからともなく重低音が響いていた。振動で白亜の大扉に絡んだ青紫の花が震え、内緒話をしているみたいだ。

アンの手から鍵である白い蝶が飛び立ち、青紫の花にとまる。

「なんの音だろうね、迷宮の中から」

聞こえる、と最後まで声にすることはできなかった。

扉が細く開いた瞬間、アンはものすごい力で扉の内側へ引きずり込まれていた。突風に巻かれて上空高くに投げ出されたかと思うと、あっという間に落下に転じ、ぶよぶよした床に叩きつけられる。

すぐ横からワガハイの悪態が聞こえる。猫も同じ目に遭ったようだ。

「痛《い》ったあ……！　なにいまの！」

アンは体を起こし、息をのんだ。

迷宮は灰色だ。色を失った空間に霧が漂い、溶けた幽霊が徘徊する。憂鬱で陰気。

その迷宮が、極彩色に染まっていた。

熟れすぎた赤。神経質な青。金切り声をあげる黄色に恥知らずな紫。強い色彩と陰鬱な色が混ざり合い、不気味なマーブル模様をつくっている。

色の発生源は迷宮に溢れた奇妙な生き物だ。全身極彩色の連中が身もだえ、奇声をあげている。その体はぐつぐつと煮えて弾け、飛び散った極彩色が書棚や床を汚した。

よく見れば、アンたちが落下したのも極彩色のぶよぶよの上だ。

「うえっ、これなに？　こんなの迷宮になかったよね。――ワガハイ？」

猫は茫然自失《ぼうぜんじしつ》としていた。いくら呼びかけても返事をしない。

ワガハイまでおかしくなってしまったのだろうか。

周囲を見回すと、見慣れた人影を見つけた。立て襟シャツに背広姿の男性は全身白黒で、七三分けの頭髪に特徴的な口ひげをしている。夏目漱石だ。

〈著者〉なら〈登場人物〉よりまともな会話ができるかもしれない。

「すいません！」

駆け寄って顔を覗き込み、アンは怖気《おぞけ》を震った。なぜそんな反応になったのか自分でもわからなかった。だが理由は漱石が動いたときにわかった。

顔が蠢く。通信状態の悪い映像のように無数の目と鼻と口が重なり、それぞれがミジンコのように動き回った。不気味な容貌のそれがじっとアンを見、手を伸ばす。

「な、夏目っ、漱石先生ですよね……！」

こわごわと名前を呼ぶと、ピコン、と場違いな電子音が響いた。次の瞬間、〈著者〉の漱石は体の向きをやや斜めに構え、右手をこめかみに添えるポーズを取った。

「夏目漱石（なつめそうせき）。文学者。本名金之助《きんのすけ》、慶応三年一月五日、西暦一八六七年二月九日に江戸牛込馬場下横町《うしごめばばしたよこまち》に生まれる。同町一帯を支配する名主の末子として生まれ、不遇のうちに幼少期を過ごした。大学時代正岡子規《まさおかしき》と親交があり――」

抑揚のない声が猛烈な早口で経歴を語る。

「また千円紙幣の肖像として知ら……知られれれせせ千千千々」

突然、読み込みに失敗した動画のように同じ単語を繰り返した。

頭を抱えて苦悩する姿にアンは心配になった。

「あの、大丈夫で………ひっ⁉」

漱石の顔面がばらりと捲れた。紙幣の束のように無数の顔が露出し、いっせいに話し始める。

「現在流通しているのはE号券」「髪を切った野口英世《のぐちひでよ》じゃないんだよ」「月が綺麗《きれい》なんて言ってない」「鼻毛を並べて悪いか」――それぞれの顔がそれぞれしゃべる。

漱石は無数の顔を貼り合わせるように手で押さえ、火鉢の前にうずくまった。その背中は着物姿であり背広でもある。一度に違う姿が幾重にも重なっていた。

異様な姿に言い知れない恐怖を覚えたとき、しゃがれ声が響いた。

「小娘ちゃんこっちだ、ついてこい！」

ワガハイがアンを一瞥《いちべつ》して駆け出す。アンはほっとして猫を追った。

「よかった、ワガハイまでおかしくなったのかと思った」

「この状況を見てまともでいられるか！　くそっ、サイアクだ」

「迷宮、どうしちゃったの？」

「ネットに侵蝕《しんしょく》された、禁忌が破られた！」

「禁忌……図書館にネットに繋がるものは持ち込まないっていうルールのこと？」

「ああ。ネットは情報の塊、ニンゲンの想像力で変化する迷宮と親和性がよすぎるんだ。過ぎたるは及ばざるがごとしってヤツさ。しかも玉石混淆《ぎょくせきこんこう》、真実と虚構が入り交じり、真摯で素直、優れた考察があれば意図的誤読、こじつけ、捏造《ねつぞう》、なんでもアリだ。情報が多すぎてバグるのもむりないだろ」

「バグるって？」

走りながら尋ねるとワガハイが険しい目でアンを見た。

「小娘ちゃんは一度に百人に話しかけられて答えられるかい？　それが自分の頭の中で起きたと想像してみろ。迷宮の住人たちの身にはそれが起こってるのさ」

「じゃあ……まさか、あのカラフルなのは灰色の〈著者〉とか〈登場人物〉!?」

「そうだ」

アンは絶句した。極彩色の奇怪な生き物は新種ではない。人間に忘れられ、物語を読んでもらうのを心待ちにしていた迷宮の住人たちだ。

「なあ、小娘ちゃん。オマエのスマホはどこだ？」

「え？　どこって部屋に」

言いかけて二の句が継げなくなった。寝る前に見ていたのはタブレットだ。

スマホを最後に触ったのは？　見たのはいつ？　記憶を遡ると、がしゃん、とトートバッグが床に落ちる情景が浮かんだ。

ぎょっとして足が止まった。

図書館の受付。リッカが太一が倒れたと叫び。トートバッグが落ち。ノートとペンを拾い。それから、それから――――スマホはどこ。

「走れ！　立ち止まってる場合じゃない！」

ワガハイの声で我に返った。

猫は状況を察したはずだがアンを責めず先を急いだ。

「ドバドバ流れ込んでるインターネットを止めるのが先だ！　迷宮に入った情報を排出する、そのあと屋敷に戻ってネットの大元を断つんだ。とにかく――ぎゃ⁉」

いきなり猫が飛び上がった。前脚が床の水たまりに触れて驚いたようだ。

しかし事態はアンの想像より遥かに深刻だった。

黒っぽい水たまりに人工的な光がまたたく。『猫』『ペルシャ』『名前』『ワガハイ』。のっぺりとしたフォントが浮かんだかと思うと、文字が魚のように泳ぎ去った。

「ああっ、まずいまずいまずいネットに触っちまった！　検索された！」

何事か尋ねようとしたとき、チンチン、カンカンと食器がぶつかる音が響いた。

遠くから水たまりを渡って、ビール瓶とコップがのったお盆と水甕《みずがめ》が向かってくる。

ワガハイは全身の毛を逆立て、尻尾を後ろ脚の間に隠した。

「も、もみじはいないか!?　もみじ！　にゃああっ、いないか！　オレ様は大ピンチだがチャンスは残ってるわけだな……！　小娘ちゃん、現実に戻ってセージを呼べ！」

「私ひとりで戻るの？」

「オレ様はアレに捕まったらお陀仏《だぶつ》なんだよ！　いいから行け、セージに大扉を開けさせろ、小娘ちゃんも絶対あの水に触れるな検索されにゃあああっ！」

最後のほうは悲鳴になって聞き取れなかった。脱兎《だっと》のごとく逃げ去る猫の後ろを晩酌セットと水甕がコトコトとついていく。

なんでビールと大きなつぼで？　よくわからないが急いだほうがよさそうだ。

周囲を探すと、遠くに霧に霞む大扉を見つけた。極彩色に塗りかえられた迷宮にあって現実へ続く唯一の扉だけが一点の曇りなく純白に輝いている。

「ずいぶん遠くに飛ばされたんだ。急がないと」

黒っぽい水が絨毯や床から染み出し、そこここに水たまりを作り始めていた。

静寂に包まれた迷宮は異様な空間に変わっていた。

霧の向こうから悲鳴やすすり泣く声がする。ネットから流れ込む膨大な情報に侵蝕されれ、姿が安定しないのだろう。迷宮の住人たちはのたうち、熟れすぎた果実のように極彩色の体を飛び散らせた。

「ひどい、めちゃくちゃ」

でもこれ、私のせい？　私がスマホを図書館に落として、そのせいで迷宮がこんなことになったとしたら。私のミスでみんなを苦しませてるとしたら――

注意が逸れたとき、絨毯に足をひっかけてつんのめった。どうにか転ぶのを堪えたが床についた手の下で、ぱしゃん、と水が跳ねる。

「あ……」

手が黒っぽい水たまりに触れていた。水の中で人工的な光がまたたく。

『美原アン』『東京都在住』『■■中学校から■区立第一中学校に転校』『都立■■■高校、一年生』――

指先から個人情報が抜き取られる感覚にぞっとした。

慌てて手を引っ込め、不意にワガハイの言っていたことを理解した。

「この水、インターネットなんだ……！」

迷宮で可視化された形状が水であり、この瞬間も世界中と繋がっている。文字どおりアンは検索されたのだ。

キーワードが呼び水となり、情報の海からアンに関連するトピックスが探られる。

そして、恐ろしい文字が浮かび上がった。

『■■中学校学年名簿』『三年前に在学』『志望校』『女子生徒A・Mさん』『ベテラン俳優炎上事件』『■■中学校グループチャット』

恐怖で皮膚が粟立《あわだ》つ。そのとき、ピコン、と検索終了を告げる電子音が響いた。

アンは水辺から飛《と》び退《しさ》り、あたりを見回した。なにか襲いかかってくるのではないかと身構えるが、一向にその気配はない。

何事も起きなかった。ほっと息をついて額の汗を拭おうとして、手の甲に紙がついていることに気づいた。付箋だ。

『あの俳優の炎上、美原さんのことだよね？』

心臓が止まる思いがした。慌てて剝がしたが、付箋は一枚ではなかった。

『美原さんのせいで叩かれてる』左腕に。

『ひっど、好きな俳優だったのに』右の肘に。

『独りよがりだよな』『炎上仕掛け人』肩に、足に――付箋が貼りついている。

「なにこれ、なんで⁉」

剝がしても、視線を外したとたんに新しい付箋が貼られている。体についた紙はいくら払い落としてもなくならない。

「違う、私の不安だ！　迷宮が私の〝期待〟を叶えてる！」

考えちゃだめ、考えるな！

自身に叫び、駆け出した。走る勢いで付箋が落ちることを期待したが、付箋はかさこそと密やかな音をたてて数を増やしていく。

「もうなんで⁉　やめて！」

ピコン、と軽やかな電子音が響く。

ぎくりとして足元を見ると黒い水が靴を洗っていた。ニューロンの電気信号に似た光が水中にまたたき、のっぺりしたフォントが浮かぶ。

『お、ご本人降臨？』『ちわー炎上犯さん』『マジで話聞きたいんだけど』『偽善者キモ』『有名人の人生潰せて気持ちよかった？』

血の気が引いた。こんな言葉、知らない。こんなこと言われたことない。

――じゃあ、ネットでは？

理解した瞬間、水中から水飛沫《みずしぶき》を上げてなにか飛び出した。

嘲り。悪意。冷やかし。ＳＮＳの水色のふきだしが高く飛び、誘導式のミサイルのように降ってくる。

アンは逃げた。しかしあっという間に追いつかれ、誰かの発した言葉にまとわりつかれた。振り払っても新着コメントは次々に届き、体に絡みつく。

「やめて、あっちに行って！」

バランスを崩し、床にしたたか体を打ちつける。その痛みで記憶が揺さぶられた。

校舎の廊下で転ぶと、クスクスと笑い声があがった。中学の級友たちが笑いながらアンを見下ろす。いい気味だ、罰が当たったんだ――そう言わんばかりの、冷たい目。

耳の奥でSNSの通知音が聞こえた。

ぶわっと全身に冷や汗が浮き、当時の痛みが生々しく蘇った。

アンの恐怖に呼応して付箋が爆発的に増殖する。付箋だけではない。ルーズリーフの切れ端、キャラクターものの可愛いメモ。極彩色の紙が服や肌から生えてくる。

「やだ……っ！ 出てこないで!!」

毟《むし》っても毟っても皮膚から付箋が生える。アンは泣きながら走り、体を掻《か》き毟《むし》った。

囃《はや》し立《た》てるように紙片がうなり、下卑た音で笑う。

『炎上仕掛け人』『独りよがりだよな』『気をつけろよ、こんなこと言ってるとここも俺たちも炎上だよ』『被害者ぶって、加害者じゃん』

鼓膜に通知音が届く。音は無数に重なり、頭の中でガンガンこだました。

気がつくとアンは中学生に戻っていた。制服はおびただしい数の紙片に埋もれ、紙吹雪をまとっているかのようだ。

水色のふきだしがアンを引きずり倒し、小突き、囃し立てる。それらは次第に過熱して自らを火種にぷすぷすと黒煙を上げた。

助けを求めて叫んだが、声は通知音と紙片のざわめきにかき消された。ふきだしが肌に触れると焼けるような痛みが走る。煙が目に染みて涙が溢れた。咳《せき》が止まらない。

苦しむ姿を嘲笑うように空騒ぎは過熱していく。

耐えがたい苦痛に膝が抜け、アンはその場にうずくまった。

「あ……ああ……っ」

ただれた皮膚は水色に変色し、髪や顔は極彩色の小さな紙に埋もれていく。痛い。苦しい。塩辛い涙が口に入り、自分が嗚咽《おえつ》をあげて泣きじゃくっていることを知った。

もはや、その姿は人と呼べるものではなかった。

カエルのようにボツボツした青い皮膚。くしゃくしゃに縮れた極彩色の紙片が全身を覆う。醜い、クズ。偽善者。言葉が繰り返され、ふきだしが後ろ指を指す。自分が怪物になっていくのがわかる。偽善者。キモい。ウザい。心が軋み、侵蝕される。生きている価値なんかない。そうだ、私はいらない人間、いるだけで迷惑だ――

「アン！　気持ちをしっかり持って！」

出し抜けに凛《りん》とした声が響き、突風が吹いた。

凍てつく冬の、峻烈《しゅんれつ》な寒さ。極寒のうねりは紙片とふきだしを蹴散らすと湿った土の匂いを運び、春風となってアンの頬に触れた。瞼を覆っていた付箋が花びらのように剝がれ、涙で滲んだ世界にその人を見つけた。

もみじ君、と名前を呼びかけ、アンは言葉を忘れた。

そこにいたのは、セーラー服の女の子だった。

高校生だろうか。モデルのように背が高く、手足はすらりと長い。ボブカットの黒髪に端麗な容貌。知らない子だ。そのはずなのに、星空を映したかのような黒い瞳はアンのよく知る少年のものだった。

「…………も、みじ君？　もみじ君、だよね」

セーラー服の美少女は力なく笑った。

少女が口を開きかけたとき、突如その体が横に吹き飛んだ。見えない誰かに殴られたみたいによろめいて膝をつく。

「もみじ君！」

アンは紙片を振り払うことも忘れ、少女に駆け寄った。

「危ない！」

少女がアンの腕を引っ張った。矢のように飛んできた水色のふきだしが少女の頭部を直撃し、鮮血が散る。

アンは悲鳴をあげて彼女を抱きとめた。

髪の生え際が十字に裂け、青白い人工の光が揺れる。少女は痛みに顔を歪め、苦しそうにうなった。その黒髪がはらりと垂れ、床につく。

「う……！　ううっ」

ボブカットの髪が一瞬で胸まで伸び、唇がティントリップを塗ったみたいに鮮やかに色づく。顎は異様に細くなり、肩がありえないほど華奢《きゃしゃ》に縮んでいく。

悪夢のような光景をアンは呆然と眺めた。

体を作り替えられているのだ。他の迷宮の住人同様、もみじはネットに溢れる膨大なイメージに侵蝕され、様々な人が思い描く〝伊勢もみじ〟に肉体を歪められている。

その容姿は『恋雨とヨル』の表紙を飾る長い黒髪の女子高生を思わせた。

「嫌だ、戻れ……っ！」

少年が変異に抗い、意志の力で元の自分を取り戻そうとする。

皮膚がぼこぼこと波打ち、グロテスクな極彩色が揺れた。少女らしい顔立ちが見慣れたもみじの顔に戻る。直後、その腹と肩が内側から爆ぜた。

どれほどの痛みに襲われたのか想像を絶した。絶叫するもみじに声はない。激痛に歪む顔が見知らぬ美貌にすげ替えられ、髪はさらに長く、体は少女らしい丸みを帯びていく。もみじが望まない姿、なりたくない〝誰か〟に作り替えられる。

「も、もみじ君っ、しっかりして！　私はなにができる、なにをしたらいい⁉」

アンはどうすることもできずもみじの手を強く握った。

必死に呼びかけるその背後で、どす黒い煙と火の粉が散った。

「ア……逃げて。逃げるんだ……っ、君だけは」

もみじが少女の細い声で囁き、アンの後方を睨んだ。アンは視線を追って振り返り、黒煙を噴く無数のふきだしが自分に襲いかかってくるのを見た。

次の瞬間、アンは蝶の大群に包まれていた。

一瞬、なにが起こったのかわからなかった。白い蝶の群れにさらわれ、猛烈な速さで黒煙から遠ざかっている。もみじが絨毯を蝶に変えたのだ。

「だめ、戻って!!」

もみじを置いていけない。蝶の大群の中でもがくが、勢いに押されて遠ざかるばかりだ。群れをかきわけてどうにか外側へ這い、愕然とした。

蝶が燃えている。黒煙と火の粉が純白の翅を焦がし、薄い翅はあっという間に炎に包まれた。ただれた言葉になぶられ、ボロボロと蝶たちが焼け落ちていく。

「ああ……！」

大扉を目前にして、数万の蝶はたったの千頭ほどになっていた。空を渡る力はない。わずかな蝶が支えとなり、放物線を描くように落下している。

アンは火がついた蝶に腕を伸ばした。手が届けば火を消してあげられる。しかし純白の蝶はアンの手をすり抜け、力強く羽ばたいた。

リリリン、と澄んだ硬質な音色が迷宮に響き渡る。

大扉が開き、青紫の花が落下するアンに枝葉を伸ばす。

アンは蝶を捕まえようとした。必死で伸ばした指先が翅に届く。その瞬間、業火に包まれた蝶はぼろっと崩れ、無に帰した。

2

「――わあああっ！」

自分の叫び声で目が覚め、アンはベッドから跳ね起きた。

びっしょりと冷や汗をかいていた。心臓が爆発しそうなほど胸を叩く。

胸が潰れるような悲しみに目頭が熱くなり、両手で顔を覆った。蝶たちの無残な最期が瞼に焼きついて離れない。しかし嘆いている暇はなかった。

セージを呼ばなければ。迷宮の主だけがワガハイやもみじを救える。

アンはパジャマのまま部屋を飛び出し、暗い廊下を駆けた。

青年の部屋は二階の反対端だったはずだ。と、なにかに足を取られて転びそうになる。構わず走り出そうとして落ちているものに目がとまった。デニムを穿《は》いた脚だ。

薄闇に目を凝らすと、無造作に投げ出された脚の先に壁に凭《もた》れた青年がいた。

「セージさん！　大変です迷宮が……！　一緒に来てください！」

青年はむっつりと黙り込んだ。アンは膝をつき、セージの腕にすがった。

「ルールを破ってごめんなさい！　どんな罰でも受けますから、お願いです力を――」

言いかけて、声をとぎらせた。なぜセージはこんなところにいるのだろう。自室はすぐそこなのに、こんな真夜中に廊下に座り込んで。

「……セージさん、寝てます？」

軽く腕を揺らすと、青年の体がどさっと床に落ちた。痛みにうめくこともなく、身じろぎひとつしない。

意識がないのだ――――理解した瞬間、アンは叫んでいた。

「ノトさん！　リッカさん!!」

屋敷中に響く大声で繰り返すと、建物の一角で物音がした。夫妻が気づいたようだ。

セージの体は異様に冷たかった。手首に触れてもほとんど脈がなく、呼吸も弱い。

「こんなときになんでっ!?　病気、食べ物にあたったとか持病とか!?」

いずれにしても最悪だ。セージは迷宮の主だ。何年もあちらへ行ってなくてもアンより詳しく、対処法を知っている。セージ以上に迷宮を知る人はいない。

せめて話を聞けたら……！　悔しさに唇を噛んだとき、リリン、と小さな音がした。

アンはぎくりとした。この世とは別の異界から響く、蝶の羽ばたきの音色。

リリリン。また聞こえた。音はセージの頭のあたりから聞こえるようだった。

透き通った音に導かれ、おそるおそる青年の額に触れる。髪をかきわけると、ぬるりと生温かなものに触れた。血だ。こめかみの上、生え際のあたりが十字に裂けている。

「…………え」

なぜその傷ができたか、知っている。

アンをかばい、飛んできたふきだしの直撃を受けたからだ。だが。

「そんなはずない、だってケガをしたのは」

負傷したのはもみじだ。〈著者〉の少年は他の迷宮の住人同様、存在を歪められていた。セーラー服の美少女の姿に体をねじ曲げられ、意志の力で元に――

「あ……れ？」

違和感が脳を揺らす。

迷宮の住人は人間の想像力から生まれる。だから本を読んだ人のイメージで外見や性格が変わり、読まれないと灰色の幽霊になる。自分で姿を選ぶことなどできない。

しかし、もみじは絨毯を蝶の大群に変えた。なにもないところから命をつくり、自在に操る。迷宮の住人でありながら、想像力を有している。

事実の片鱗《へんりん》に触れ、全身が総毛立った。

自在に姿を変えられるのは人間だけだ。それもただの人間ではない。想像力を操り、あの異界に干渉することを許された存在は、唯一、司書のみ。

ドクドクと脈動が鼓膜を叩く。

「でもそんな、まさか。だってありえない、そんなこと絶対」

否定する気持ちとは裏腹に、ある光景が鮮やかに蘇った。

――君が小さくなることはない。君は君だ。自信を持って。

ホームステイに来て間もない頃、現実に戻りたくないと思うアンにもみじはそう笑いかけた。そしてセージもまた、過去の痛みに苦しむアンに優しく語った。

――君が小さくなることはない。……君は君のままでいいんだ。

まったく似ていない二人の表情が重なる。アンは口許を手で覆った。

なぜそうなったのか、わからない。だが間違いない。

「なんで、わかんなかったんだろ……」

〝もみせいじ〟と〝いせもみじ〟。名前を入れ替えただけの単純なアナグラム。

セージがもみじだ。

籾青爾こそがミリオンセラーの物語を世に送り出した伊勢もみじなのだ。

照明がパッとつき、通路のドアからノト夫妻が駆け込んできた。

ノトが廊下に横たわるセージに気づき、血相を変えた。

「なにがあった？」

「わ、わかりません、でもセージさんの頭に傷が」

震える声で見つけたときの状況を伝えると、ノトは眉尻を下げた。

「怖かったね、もう大丈夫だ」

大人の落ち着いた声を聞いたとたん、喉の奥に熱いものが込み上げた。

違う、私はなにもできなかった。迷宮でもいまも叫ぶことしかできなかった。

リッカはセージの脈を確かめ、額の傷を確認している。

「動かさないほうがいいかも。どんなふうに倒れたかわからない」

「そうだね、救急車呼ぼう」

ノトの言葉に頬を打たれたような衝撃を受けた。

救急車では助からない。ケガの要因はこの世界にないのだ。

「アンちゃん⁉」

考えるより先に体が動いた。驚くリッカに「すぐ戻ります！」と叫び、階段を駆け下りる。夢の中では軽やかに走れたのに、真っ暗な急勾配に足がもつれる。最後の数段を踏み外し、したたかに膝を打った。顔を歪めてクローゼットの廊下に飛び込み、あちこちぶつけながら内扉から図書館に転び出る。

照明をつけると、髪が乱れるのも構わず受付のまわりを探した。カウンターの下を覗くと青白い光が見えた。アンは床に顔を押しつけて腕を伸ばし、端末を摑んだ。出てきたものを見て顔が歪むのを抑えられなかった。間違いなく自分のスマホだ。叩きつけて壊したくなる衝動を堪え、電源を落とす。

「これでなんとかなった……⁉」

図書館は穏やかな夜の気配に包まれ、古い建物の匂いと夏の草いきれがした。

だが壁や窓、床が震えている。風ではない。屋敷が声にならない悲鳴をあげているのだ。迷宮の司書だけに聞こえる、本の世界が助けを求める叫び。

「だめだ……電源オフにしたって、迷宮に流れ込んだ情報は消せないんだ」

ワガハイは情報を排出する方法があると言った。ただちに迷宮に戻らなくては。しかしそれは新たな危機を意味する。それに戻ればまた……。

思い出しただけで全身が強張り、歯の根が震えた。

怖い。級友の仕打ちを思い出すのも、ネットに溢れる好奇と悪意にさらされるのも。あんな痛くて惨めな思いは二度としたくない。そうだ、逃げてなにが悪い。私は関係ない、巻き込まれただけ、迷宮なんか。迷宮のことなんか——

怖い。逃げたい。やめたい。でも、だけど。

アンは奥歯を嚙みしめ、顔を上げた。

「行かなきゃ！」

このままでは迷宮もセージも助からない。そんなのは、もっと嫌だ。

図書館で眠れば、司書は強制的に迷宮に入る。受付で眠るとノトたちに起こされる危険性があるので、人目につきにくい奥の図書室を選んだ。念のため鍵をかけ、窓から外に出てスマホをスウィングベンチに置いて戻る。あとは眠るだけだ。

よし、と本棚の隅に横たわり、目を閉じる。

しかし、まったく眠くない。刻々と壊れる迷宮。ワガハイの安否。セージともみじのこと。気がかりなことが多すぎて不安が膨れ上がる。考えるのをやめたいのに寝ようと思うほど心は波立ち、目が冴えて焦りが募る。

ついにじっとしていられなくなり、アンはその場をうろうろと歩き回った。

「もう、早く寝ないといけないのに！　どうしたら眠れる、走ったら疲れて眠れる、気絶したらいける⁉　でも向こうでも気絶してたら……ああっ、時間が！」

情けなさに涙が滲んだ。くだらないことで悩んでいる間にも迷宮が壊れてしまう。焦燥感と絶望が交互に押し寄せ、たまらない気持ちになる。

「悩むヒマがあったらやるんだ」

思い切り壁に頭をぶつけて迷宮に入る、一回で確実に。

助走をつけようと数歩下がったとき、カリカリと奇妙な音がした。

不気味な音に身を強張らせると、廊下から「ニャー」と猫の鳴き声がした。

ワガハイ？　ドアに駆け寄って施錠を解くと、夜と同じ色をした猫が入ってきた。毛並みは真っ黒だが後ろ脚はブーツを履いたように白い。名前はたしか。

「〈長靴〉……？」

名前を呼ばれた黒猫は気をよくしたように一鳴きして、アンに体をすりつけた。

「ちょっ、いま遊んでる場合じゃ——うわっ」

猫の体に足を取られて床に尻もちをつく。アンは痛みに顔をしかめ、ぎょっとした。

細く開いたドアの隙間から続々と猫がなだれこんでくる。

やんちゃな顔立ちのアメリカンショートヘア。毛がぼさぼさのメインクーン。ずんぐりした三毛猫、小柄な子猫、優美な白猫。猫たちはアンが床に座っているのをいいことに、いっせいにまとわりついた。甘えた声で鳴き、腕にじゃれつき、膝に飛び乗る。

「ちょ、ちょっと」

逃れようとしたとき、目尻にひんやりしたものが触れた。アンの肩に前脚をのせた白猫が小さな鼻先で涙を拭った。それから誘うように、ごろん、と床に寝そべる。

猫まみれのアンはぽかんとするばかりだった。そのとき、トトト、と軽やかではない足音が聞こえた。廊下からジンジャーオレンジのペルシャが駆けてくる。

「ワガハイ！」

ぽっちゃり猫がアンに飛びついた。重みでひっくり返ったが、痛みなど気にならなかった。安堵と喜び、心細さと不安がないまぜになって声が震える。

「よかった、ワガハイ無事だったんだね……！　大変なの、迷——いたっ」

やかましい、と言わんばかりにモフモフの尻尾で顔をはたかれた。

ワガハイはアンの胸の上で丸くなり、ふわりと尻尾をアンの首に巻きつけた。それから目を閉じ、潰れた鼻をすーぴーと鳴らす。この状態で寝るつもりらしい。

気づけば、他の猫たちも眠ろうとしていた。

アンは七匹の猫の間にすっぽりと埋もれた。腕や脚に柔らかな毛並みを感じる。しっとりとなめらかな毛並みに、液体のように伸びて密着する体温。膝でごろごろ。肩でごろごろ。気持ちよさそうに喉を鳴らす、くつろぎの音に包まれる。

陽《ひ》だまりの匂いがした。あたたかくて、柔らかくて、ちょっと獣臭い。

呼吸が楽になり、体の緊張がほぐれていく。

アンは目を閉じ、願った。

神様。本の神様。もしそんな神様がいたらお願いです。時間をください。迷宮を助けたいんです。お願いです、友だちが待ってるんです――

はっとして目を開くと、猫が消えた。夏の匂いは失《う》せ、夜が灰色の霧に変わる。

迷宮に入ったのだ。

アンの胸元には唯一消えずに居座る猫がいた。金色の双眸《そうぼう》を月のように輝かせ、言葉を待っている。なにを伝えればいいか、わかる。

「伊勢もみじはセージさんのペンネーム。セージさんがもみじ君！」

告げた瞬間、ペルシャ猫の喉元に光の輪が浮かび、波紋を描いて霧散した。

ワガハイはぶるっと身震いし、顔中で笑った。

「ああそうだ、そのとおり！　よくやった、これで迷宮を救う方法を伝えられる！」

「なにがあったの⁉　詳しく話して！」

起き上がって前のめりで尋ねると、正面に着地したワガハイが答えた。

「九年前だ、セージは新米の迷宮司書だった。一人前になると自分の蔵書票を持てるんだが、あいつは自作の小説にそれを貼った。別に悪いことじゃない、当時はセージの親が迷宮の主で、あいつはその仕事を学んでる最中だったからな」

一方で『恋雨とヨル』は爆発的なヒットを記録し、伊勢もみじの名は広く知れ渡っていた。映画公開でファンは熱狂し、再び世間の注目が集まっていたという。

そんな矢先、セージの両親の命を奪った飛行機事故が起きた。

「もっと注意しなきゃいけなかったのさ。なにせセージが小説家――〈著者〉の顔を持っちまったんだ。せめて『恋雨とヨル』の蔵書票を外して〈モミの木文庫〉になる可能性を排除しておくべきだった」

「それで？」

「知ってるだろうが『恋雨とヨル』は伊勢もみじの自伝小説だと思われてる。プロフィールは非公開だが、ニンゲンどもは〝伊勢もみじ〟といえば表紙の女子高生を想像するだろ。それが災いしたんだ」

両親が亡くなったとき、セージはたまたま迷宮にいた。先代の死と同時にその全権は次の主に継承される。先代の蔵書票が失効し、セージの蔵書票が力を得たのだ。

その瞬間に起きたことをワガハイは暗い眼差しで語った。

「あいつの蔵書票が効力を得た瞬間、『恋雨とヨル』からイメージが流れ込んでセージを侵蝕した。正真正銘、あいつが伊勢もみじだからな。……セージは迷宮を統べる王でありながら〈著者〉になった」

生身の人間が〈著者〉になる。前代未聞の現象はおぞましい事態を引き起こした。

「当時は館内でネットが使えたんだ。回線は遅いし、のんびりしたもんだったが……ありゃ悪夢だ。映画のヒットでどれだけのニンゲンが『恋雨とヨル』を知ったと思う？ネットには膨大な感想が溢れ、同じ数だけ〝伊勢もみじ〟がイメージされた。セージは何十万、何百万ものニンゲンの想像に侵され、内側から食い破られた」

ぞっとするような表現に両の拳を握りしめる。

女子高生に変異したもみじが内部から爆ぜるのを見た。膨大な〝伊勢もみじ〟のイメージに肉体をねじ曲げられ、顔や性格まで誰かの憧れや理想に変異させられる。

「悪意か好意かは関係ない。四六時中、知らないヤツらからああだこうだ言われ、そのイメージどおりに体を歪められるんだ。とんでもない激痛だろうよ。本人が望まない他人からの期待や希望なんざ、呪いと一緒だ」

それでもセージは司書としての務めを果たそうとしたという。だが迷宮に入るたびセージは壊れた。何百万人もの想像力に侵蝕され、まともでいられるはずもない。館内のネットを遮断し、文壇から姿を消して九年。

時間をかけて人々から忘れられ、ようやく安定してきたのが数年前だ。

「結局、〝伊勢もみじ〟のイメージは払拭できなかったがな。何百万ものニンゲンの想像はそう簡単に消えない。だから何年経ってもセージは〈著者〉のもみじになる。わずかに使える自分の想像力でどうにか少年の姿に寄せて、蝶を操るのがせいぜいさ」

「セージさんが迷宮に来ないって言ったの……そういう意味だったんだね」

「きっかけがあれば迷宮の王として覚醒するかもしれないが、いまのあいつは〈著者〉の伊勢もみじで、司書ですらないね。その証拠にセージは迷宮を管理できない。この世界の住人が迷宮に干渉できないのと同じにな」

九年。セージは眠るたび〈著者〉になり、激痛に抗いながら迷宮を守ろうとしてきた。両親を亡くした日から一人きりで、誰に助けを求めることもできず。

長すぎる凄惨な歳月を思い、胸が張り裂けそうになる。

「そっちの首尾はどうだ？　スマホは片付けたんだろうな」

「電源オフして庭に置いてきた。でもセージさんが倒れてて……。私を現実に戻してくれたの、もみじ君なんだ。セージさんはまだ迷宮にいるはずだよ」

「わかってる、だから小娘ちゃんに迷宮に戻ってもらう必要があったのさ。迷宮を救う方法はただひとつ。もみじを大扉の外へ連れ出せ。あいつがこの世界の心臓だ。もみじさえ無事なら迷宮はいくらでも蘇る」

「もみじ君と現実に戻ればいいんだね？」

「ああ、扉が開けばネットの情報も排出できる」

「えっ、大扉閉まってるの？　私そこから出たけど」

「もみじが閉めたんだろうよ。なにか予想外のことが起きたんだ」

「もみじく――セージさんはどこに？」

「わからないが……死んじゃいない。あいつが最後の末裔だ。セージが死んだ瞬間、迷宮も無に帰す。そんなことになる前に大扉を開けるぞ」

アンは強張った顔でうなずいた。図書迷宮に死は存在しない。読まれない本は化石となり、〈著者〉や〈登場人物〉は幽霊になる。だが人間は例外だ。

迷宮で命を落とせば、現実でも死ぬ。

3

苔むした書棚とカビ臭い絨毯。霧の中を極彩色に変色した住人が徘徊する――数十分前まで確かにあった光景は跡形もなく消えていた。

あるのは、どこまでも広がる黒い海だ。

暗色の波が極彩色の住人をさらい、書棚がぷかぷかと漂う。一部の陸や丘陵は水没を免れたが、あちこちで黒煙が上がり、悲鳴やすすり泣き、高笑いが響く。

人や動物の形をした住人はどこにもいなかった。多すぎる情報に体が溶け、ぐちゃぐちゃの絵の具かスライムのようなものが蠢いている。

「ひどすぎる……」

私がスマホを落としたせいだ――

罪の意識に胸がざわめいたとき、ふくらはぎに鋭い痛みが走った。「いたっ!?」と驚くと、ワガハイが爪を引っ込めてニタニタ笑った。

「またつまらんこと考えて不安を呼び込まないよう、オレ様がチクチクしてやる。安心して目の前のピンチに集中しろ」

腹立たしいが、こんなに頼もしいサポートはない。

ワガハイがアンの肩によじ登り、襟巻きに姿を変えた。

「さあ、とっとと片付けるぞ。大扉を目指すんだ、水には触るな!」

アンは遠くに見える白亜の大扉を目指して駆け出した。

潮騒《しおさい》が図書迷宮を支配する。荒れ狂う情報の波は書棚で砕け、泡がひっきりなしに囀《さえず》る。無数の言葉が渦巻くが、悪口ほど声が大きい。

膨大な思考が渦巻く黒い海に触れれば最後、また検索されてしまう。

空を飛んで行けば一瞬なのに。そんな誘惑が頭をもたげるが、いかに危険な行為かは身に染みて理解していた。迷宮はなんでも希望が叶うすてきな世界ではない。心の揺れひとつで悪夢が実体化する恐ろしい場所だ。

遠回りでも陸地を走り、水辺を通るときは細心の注意を払った。

海に挟まれた砂州の細道を駆けていたとき、海岸線に化石化した書籍が波消しブロックのように積み上がっているのが見えた。

「不幸中の幸いだな。あの状態ならネットにさらわれる心配はない」

そういえば〈先祖返り〉たちの姿がない。流されてしまったのだろうか。

襟巻きの猫がにゅっと伸び、アンの頭上に身を乗り出した。

「まずいぞ、波が来る！」

横から一メートルほどの波が押し寄せていた。引き返すより進んだほうが陸に近い。

アンは急いで駆けたが、波はぐんぐんと高さを増していく。

間に合わない！

ワガハイが悲鳴をあげて首に巻きついたがアンは怯《ひる》まなかった。

「私だって司書見習いなんだから！」

宙を蹴って、空を駆け上がる。なにもなかったはずの中空にタイル張りのステップが出現し、薄緑色の歩道橋が延びた。

通学路で毎日通った道だ。階段の段数や錆《さ》びた手すりの感触まで鮮明に覚えている。

黒い波が砂州をのみこむが、記憶と五感に裏打ちされた歩道橋は波がぶつかってもびくともしなかった。

「やるじゃないか！」

まあね、と返そうとしたとき、がくん、と足元が揺れた。手すりにぶつかった拍子に歩道橋下の光景が目に飛び込んできた。

『根巻きコンクリート』『ボルトなし』『落橋防止構造なし』『緊急措置段階』『危険』『崩落注意』――橋脚にぶつかる波がしゅわしゅわと音をたて、ものすごい勢いで橋脚を分解している。同時に波がボルトや塗料に変わり、歩道橋に足りない部品を補った。

「なにしてるのあれ……!?」

「小娘ちゃんの想像を侵蝕してるのさ」

「考え出したものにまで!?」

「好奇心の塊だからな、壊すか作り直すかはそのときの気分次第だ」

様々な意志の渦巻く黒い海だ。どんな思いが強く出るかで流れが変わる。

できれば補強してほしいと願ったが、希望に沿ってもらえなかったようだ。

歩道橋が大きく揺れ、滑り台のように大きく前に傾いた。

「わっ、わわっ！」

転げるように駆け出すと、タイルの床面が木材を踏む感触に変わり、いつの間にかウッドデッキの桟橋を駆けていた。イメージを乗っ取られた。

「しっかりしろ小娘ちゃん、雑な想像じゃ力負けする！」

頑丈な足場をイメージするが、波に翻弄されてデッキがうねる。木製の足場は白と黒に塗り分けられ、アンの足元からピアノの音階が響いた。

「なんか遊ばれてない⁉」

鍵盤の端にダンパーと弦が生えるのが見え、とっさに吊り橋をイメージした。弦がワイヤーに変わり、垂直に張る。主桁《しゅげた》が鍵盤を安定させ、足場が直線に戻った。

いまのうちに！　全力で対岸を目指すが、真横から影が落ちた。

『吊り橋』『たわみ理論』『強度』『タコマ橋！』『毎秒十九メートルの横風』『耐久チャレンジ！』『検証！』『実験！』断片的な言葉や画像が見えたのも一瞬、黒い海面が巨大な壁のように盛り上がり、吊り橋の手前で砕けた。

波が潰れた衝撃で橋が突風に叩かれる。あっ、と思ったとき、アンは橋から投げ出されていた。眼下に黒い海原が広がる。ごうごうと風を切って体が落下していく。

風の音を耳にしたとき、脳裏でパステルカラーの傘がくるりと回った。

台風の日に傘を開いたら空を飛べるんじゃないか――――子どもの頃に抱いた空想と強風でふわりと体が浮く感覚が鮮やかに蘇る。

次の瞬間、アンはパステルカラーの傘を握って空高く舞い上がっていた。

突風に傘が膨らみ、気を抜くと傘の骨が反りそうになる。コツを摑むと、傘は暴れる風をつかまえて悠然と滑空した。

「危なかった……！」

眼下では黒い波が子犬のように跳ね、風を作り、吊り橋を揺らして遊んでいる。

「遊び感覚か。無邪気なもんだよ、まったく」

襟巻きの猫が不満げに尻尾を揺らす。アンは傘を傾け、大扉へ舵《かじ》を切った。

「このまま行けるかな」

白亜の大扉はなぜか絶壁の上にあった。局地的に床が隆起し、扉を押し上げたようだ。扉を出る前はあんな地形ではなかったはずだ。

「なんだ？　傘に妙なシミがあるぞ」

ワガハイの金の瞳が頭上を示す。パステルカラーの生地にポツポツと黒いシミが浮いていた。と、シミが広がり、穴が開いた。

「うわっ⁉」

「黒い水だ！　侵蝕されてる！」

どこから⁉　考える暇もなく穴から空気が抜け、高度が下がる。どうにか想像力で穴を埋めたとき、自分の腕に無数の水滴がついていることを知った。

雨だ。砕けて舞い上がった波の飛沫が霧雨《きりさめ》のように降っている。

小さな水滴は集まり、雫となって腕を伝った。『美原アン』『十六歳』——個人情報を抜き取りながら、雫が黒い海原へ還《かえ》っていく。

「小娘ちゃん集中だ！」

しゃがれ声にはっとすると、傘に無数の穴ができていた。がくん、と大きく揺れて再び落下に転じる。

だめっ、しっかりイメージしなきゃ！

理性を押しのけ、焦りが墜落を加速させた。傘は破れ、柄が溶ける。黒い海が間近に迫り、激しい衝撃と痛みがアンの全身を貫いた。


「——ろ！　やい……しろ！　小娘ちゃん！」

意識を取り戻したとき、ワガハイの肉球が額を叩いていた。体中に響く痛みが落下したことを思い出させる。気を失っていたようだ。

生きてる……あんな高いところから落ちたのに。えっ、海の中じゃない？

目を開けると、アンは白い砂礫《されき》の上に倒れていた。運よく砂浜に落ちたようだ。

朦朧《もうろう》としながら上体を起こすと、パキッ、と手の下で薄いものが割れた。骨のように白いそれは蝶の翅の形をしていた。よく見れば、あたり一面に同じものがひしめいている。砂礫ではない、膨大な蝶の化石が堆積しているのだ。

「ここは……」

「迷宮の土台、主の過去が折り重なった層だ。本来は地表にないはずだが……黒い波で削られて地層がえぐりだされたんだな」

どういうことか尋ねようとしたとき、ワガハイの足元が淡く輝き始めた。猫の周辺だけではない、アンのまわりの化石も同じように光を帯びている。

命あるものが触れたことで翅に宿る記憶が揺り起こされたのだ。熱が伝わるように化石は次々と光を灯し、その翅に過ぎ去りし時の流れを映し出した。

それは、ひとりの少年の記憶。

背ばかり高い高校生で、やや吊り目の精悍《せいかん》な顔立ちをしている。瞳は明るく、利発そうに見えた。しかし明るい表情を見られたのはその一度きりだった。

次に現れたのは痛みの記憶。突如、迷宮に亀裂が走り、少年は雷に打たれたようにその場に崩れた。体が内側から変異し、臓腑を引き裂かれる痛みに絶叫する。ジンジャーオレンジの仔猫《こねこ》が飛んできたところで、ぶつりと映像が切れた。

別の翅に映る少年は蔵書票を拾っていた。いまとはデザインが異なる小さな紙片だ。

本から剝がれ落ちたそれは落ち葉のように図書室の床に積もっていた。

ノトとリッカに付き添われ、喪服の少年が遺影を胸に立ち尽くす。からっぽの屋敷。がらんどうの図書館。明かりが消えたみたいだ。

その隣の翅には震える指先で大扉を開ける少年がいる。迷宮に足を踏み入れたとたん、体が別の生き物のように崩壊する。声もなく叫び、のたうち回る。飛んできたワガハイに大扉の外へ放り出され、現実のベッドで飛び起きる。少年は口を押さえて数歩進むが堪えきれずゴミ箱に胃の中のものを吐いた。

迷宮に下るたび、少年は壊れた。どの翅にも似た光景が連なり、その顔が深い悲しみに歪んでいく。毎夜訪れる絶望と痛みを断つすべはない。

現実では背がさらに伸びて男らしい体格になっていく。しかし迷宮に入れば一瞬で無力な子どもの姿に戻される。本の楽園が崩壊するのを目の当たりにしながら立つこともままならない。できることは悔しさに叫び、涙を流すことだけ。

やがて涙は涸《か》れ果《は》てた。

表情を失った少年はよろめきながらベッドを出て、庭へ逃れた。スウィングベンチに横たわり、ほうっと息をつく。憔悴《しょうすい》しきった顔で小さな子どものように体を丸め、震えながら目を閉じた。

「セージさん……！」

声が届かないと知りながらアンはその名を呼んだ。

ひとりきりで戦い、敗れ続けた記憶。

他人の期待や希望で存在を作り替えられる痛みは想像を絶する。その激痛に晒《さら》されながらセージは迷宮を諦めようとしなかった。自分が壊れるのも構わず抗い続けたのは、大好きな本と両親から託された世界を守りたかったからだろう。

それなのに、セージさんはいつだって私を気遣ってくれた。

もみじのときもセージのときも、迷宮の危険性を説き、なにも知らないアンを守ろうとした。本当は司書の仕事をさせたかったはずだ。藁《わら》にもすがる思いで迷宮を救えと命令したかったはずだ。

いつの間にか蝶の翅から光が消え、あたりは冷たい化石の層に戻っていた。

アンは真っ白な砂礫に佇むジンジャーオレンジの猫を見た。

「だからワガハイは司書見習いになれって言ったんだね」

いまになってその真意がわかった気がした。ワガハイが太一に魔法のメールを送り続けたのはセージのためだったのだろう。

「さあてな。こうなっちまったら、もうどうにもならないかもしれないがね」

ぽっちゃりペルシャは独り言のように言い、遠くに視線を投げた。

迷宮は苦しみで溢れていた。

見渡すかぎり暗色の海が広がり、陸地はほとんど消えている。書棚は波に砕かれ、迷宮の住人が痛みと絶望を叫ぶ。ある者は波に翻弄され、ある者はどろどろに溶けて腐っていく。彼らに死は訪れない。終わりのない苦痛が続くだけ。

圧倒的な情報量。インターネットから溢れる無尽蔵の情報に迷宮は軋み、押し潰されている。無数の意志。世界中の言葉、思想。世界を前にして抗うすべなどない。

アンは棒立ちになった。

暴力的な情報の海を前にして自分の無力さが嫌というほどわかる。海を渡る力も雨を防ぐ方法もない。ひとりの力でどうこうできる相手ではないのだ。だが。

「……てください」

むだかもしれない。だけどこの海が世界中と繋がっているなら。

「助けてください！」

アンは真っ暗な海に叫んだ。

助けを求める声をほとんどの人が聞き流す。自分のほうが不幸だからと他者に石を投げ、面白半分に人を傷つけ、弱肉強食と嘯《うそぶ》いて搾取する。人間は醜い。弱くて残忍でずるい――――でも、それだけじゃないはずだ。

「迷宮を壊さないで、この世界を傷つけないでください！」

インターネットがあったから、ワガハイのメールは太一に届いた。

画面の向こうにいるのは〝顔のない誰か〟じゃない。お父さんと同じ、一人の人だ。誰かの子どもで、家族で、友だちだ。心を持った世界に一人だけの人。

そして、この情報の海もまた人間の想いから生まれたもの。それなら届くはずだ。

「お願いします、大切な場所なんです！」

誰かの耳に、誰かの心に。

「迷宮を守りたいんです、力を貸してください！」

見ず知らずの自分を受け止めてくれたノト夫妻のように。年の離れたさゆりと友だちになれたみたいに。恐い顔をして誰よりも優しいセージのように。

まだ出会っていないだけで、声を聞いてくれる人は必ずいる。

「助けてください！」

そう言わなければ手を差し伸べていいかわからない。黙っていては伝わらない。願うだけでは届かない。だから声をあげる。

世界に一人だっていい、誰かに届いて。

「お願いです、助けて！　迷宮を壊さないで!!」

心から叫んだ拍子に涙が一粒、海に落ちた。

黒々とした海原に変化はない。残酷なほど広大で、ちっぽけな叫びは潮騒にかき消された。荒ぶる波がぶつかりあい、せめぎあうようにうなる。

だが、なにも起こらなかった。

なにも変わらない。なにも変えられなかった。

アンはその場に崩れた。肩を落とし、うなだれる。

そのとき、頬に温かなものが触れた。

砕けた波から生まれた白波が涙の跡を優しくさらい、黒い海へと還っていく。波のぬくもりに目を瞠ったとき、変化が起こっていることを知った。

真っ暗な海に鮮やかな潮流がある。赤、黄、青。色づく海流は黒い水をのみこんでオレンジ、紫、緑へと染め変えていく。

「違う……黒じゃなかったんだ」

絵の具の色をすべて混ぜると黒になるように、膨大な想いが集まった海は黒く見えていたにすぎない。喜びも悲しみも、善いも悪いもすべて溶け合っている。

「そうだ、ここは迷宮だ。私の恐れや不安が悪いものを大きく見せてたんだ……」

現実もネットも図書迷宮も変わらない。たくさんの言葉や思いからなにを感じ、なにを受け取るのか。その判断は常にアンにゆだねられている。

色とりどりの波が黒い水を押し返し、水没していた床が顕《あらわ》になった。

行け。負けるな。そんな声が聞こえるようで胸が熱くなる。ひとりじゃないと目の前に広がる光景が示してくれる。

アンは涙を拭い、猫を振り返った。

「行こうワガハイ！　これなら大扉までまっすぐ行ける！」

海が割れてできた道へ下りると、ワガハイがアンの肩に飛び乗った。

「油断するなよ。あちらさんは気まぐれだ、この状況は長く続かないと思え」

「わかってる」

ネットは膨大な意識の集合体だ。全体が賛同してくれたわけでも、悪感情や嘲笑が消えたわけでもない。現に体についた黒い水滴はアンの個人情報を呟き始めていた。

その呟きに呼び寄せられ、水色のふきだしが水たまりを渡ってついてくる。

考えるな。自分に言い聞かせるが、中学時代に染みついた恐怖と苦しみの記憶は簡単に拭えない。不安を抑える気持ちとは裏腹に頬や腕にかさこそと付箋が生えた。

ハアー、とワガハイが溜息まじりで付箋に猫パンチした。

「超プリティで優秀なオレ様がついてやってるのに、まだ癒やしが足りないのかい」

猫の小言にアンは苦笑いした。

行ける。怖くない。いくら自分に言い聞かせても、付箋は少しずつ確実に数を増やし、びちびちと海面を叩くふきだしの音が大きくなる。

恐怖に急《せ》きたてられ、呼吸が浅くなった。

『独りよがり』『美原さんのせいで』『加害者』――紙片がしゃべり、責め立てる。

黒い海から這い出たふきだしが足に絡み、焼けつくような痛みが走る。痛い。怖い。怯《おび》えた心は簡単に揺らぎ、恐怖で叫びそうになる。これでは走っているのか逃げているのかわからない。

なんでこんなに弱いの。こんなときまで自分のこと？

ざわざわとうなる紙片。ばかみたいに増える言葉の数々。不意に腹の底から強い感情が湧いた。怒りだ。熱い血潮が全身を駆け巡り、燃え上がるような思いが爆ぜる。

なにもしなかった卑怯《ひきょう》な人たち。安全なところで笑っていた人たちの言葉になんか負けたくない！

「こんなの痛くない、セージさんはもっと痛かった!!」

強い感情の発露で体についた紙片が剝がれ、ばさばさと散る。

アンは紙吹雪の中を突っ切った。足元では残酷な言葉が無尽蔵に湧いてくる。無責任な言葉は重たく絡みつき、皮膚を焼く。痛みに顔が歪むが走る速度は落とさない。

「いいぞ、大扉までぶっちぎれ！」

猫の声に顔を上げると、正面に不自然に隆起した急勾配があった。

その頂に白く輝く大扉が見える。険しい丘陵の途中には書棚や化石化した本が転がり、四つ脚の本が歩き回っている。

〈先祖返り〉だ。姿が見えないと思ったらこんなところに集まっていたのだ。

無事な姿を嬉しく思ったとき、ワガハイが舌打ちした。

「チッ、そういうわけか……！」

なぜそんなことを言うのかわからなかったが、答えはまもなくわかった。

引き潮の海から崖の入り口にさしかかったとき、地面に横たわる人影を見つけた。

外見はすっかりセーラー服の少女に変わっていたが見間違えることはない。

「もみじ君！」

アンは駆け寄り、ぞっとした。うつぶせに倒れた少女は泥だらけで、その半身は床板と同化していた。片腕と背中は床の上にあるものの、顔半分は溶けている。

死んだように動かないもみじを前に血の気が引いた。

「うそ……やだ、もみじ君っ、もみじ君！」

取り乱すと、首筋に鋭い痛みが走った。襟巻きのワガハイが猫に戻っていた。

「落ち着け、死んじゃいない。この断崖を維持するのに想像力が足りなかったんだろ。自分の体を直接繋げて維持してるのさ」

迷宮には復元する力が備わっている。その原理を知らず、アンは陥没した床から上空に弾き飛ばされたことがあった。しかしわからない。

「なんでそんなこと!?　こんな崖いらないよ！」

「〈先祖返り〉を逃がすためだ。キャビネットの書籍より重要度は低いが〈先祖返り〉

には迷宮の秘術の断片が記されてる。ネットの海にさらわれて情報が流出してみろ、悪用するやつはごまんといるだろうよ。大方、〈先祖返り〉を逃がす前に海に追いつかれたんだろ。こいつは自分が助かることより本を守ることを選んだ」

上空に浮かぶ〈司書の書斎〉のキャビネットは海の侵蝕を受けない。しかし地上に残された〈先祖返り〉は別だ。

「もみじは小娘ちゃんが現実に戻ってスマホを片付けるのを見越したんだ。供給源を断てば、この海も十年かそこらで干上がる。図書迷宮はまたホラーハウスからやり直しだが、秘術の流出は免れるわけだ。その間、現実のこいつは昏睡状態だろうがな」

「そんな……」

ワガハイはアンの肩から降り、床に同化した少女の頬を肉球で叩いた。

「起きろ、へっぽこめ。オレ様はオマエみたいな貧相な像を十年も眺める趣味はないぞ。小娘ちゃん、この阿呆《あほう》を引きずり出せ！　司書の想像力のほうが強い」

言われるまでもない。アンがもみじの腕を引っ張ると床板がぱらぱらと剝がれ、頰が分離した。すかさずもみじの胴に腕を回し、両脇を抱えて引き上げる。

もみじの体が床から抜けるにつれ、崖が沈み始める。アンは渾身の力で引っ張った。

少女のつま先が床から出ると、いきなり手応えが消えた。

「うわっ⁉」

仰向けに転び、もみじの下敷きになった。

もみじはぐったりとして動かないが、泥まみれの背中から鼓動が伝わってくる。自分と同じ、命を持つものの音。無事だ、ちゃんと生きている。

「よし、上出来だ。大扉を開けて屋敷に戻れ、それで万事解決だ」

「〈先祖返り〉はどうするの？」

「扉の上に逃がせ。海にさえ落ちなきゃいいのさ」

スロープか階段を扉の横につければいいだろう。そのくらいの想像なら難しくない。

アンが起き上がろうとしたとき、〈先祖返り〉の一匹がもみじのセーラー服を噛んで持ち上げた。さらに別の大判の本がもみじの体の下に背表紙を差し入れる。

「手伝ってくれるの？」

ブルル、と大判の〈先祖返り〉が馬のように嘶《いなな》いた。

司書の書籍群にはもみじが迷宮の主だとわかるのかもしれない。

アンが触れると〈先祖返り〉は本に戻ってしまう。直接触れないように注意して馬本の背にもみじを乗せた。そこに牛らしき書籍とヤギ本が加わり、ぎゅっと身を寄せる。

横一列に並んだ〈先祖返り〉は足の生えたベッドのようだ。

歩幅がばらばらで歩みは遅いが、もみじが落ちる心配はないだろう。

断崖は空気の抜けた風船みたいに徐々に沈んでいる。もみじを乗せた〈先祖返り〉を連れ、坂道の上を目指す。ワガハイは牧羊犬のように周囲に散らばった〈先祖返り〉を集め、ビシバシと坂を歩かせている。この調子なら安全に現実へ戻れそうだ。そう胸をなで下ろしたときだった。

「おい、ありゃなんだ」

ワガハイが遠くを前脚で示した。

かすかに地鳴りのような音が聞こえる。アンは地平に目を凝らし、息をのんだ。

黒い海が隆起し、巨大な水の壁が立ち上がっていた。

あんなものが直撃したら〈先祖返り〉も自分たちもひとたまりもない。

「私、先に行って大扉開けてくる！」

声を残して坂道を急ぐ。地鳴りは轟音に変わり、震動で床が震えていた。走りながら振り返ると、膨大な情報の壁は数十メートルを超える津波となって迫っていた。

「な、なにあれ……」

出口まで間に合う？　もし扉が塞がってたら――

悪い想像にはっとしたが、手遅れだ。正面に顔を戻すと、白亜の大扉を塞ぐように植物が生えていた。青々と茂った葉に白くて丸い根。

「は……？　カブ？　なんでカブが」

不可解な現象に困惑した。しかし迷宮は的確にアンの〝期待〟を実体化していた。

アンにとって人生最悪の記憶は炎上騒ぎだが、その下地となる不安がある。無意識に根づいた恐れの元凶。他人の言葉に囚われてしまう、本当の原因。

〝カブは植物だ。地面に埋まってるから、力持ちとは言わないよ〟

小学校の先生の失笑が耳に蘇り、小さな教室中に甲高い笑い声が渦巻く。

お前の考え方は間違ってる。ばかげた発想だ。みっともない。人と違う感じ方をするのは恥ずかしい。隠しておかないと仲間はずれだ——

背筋に冷たいものが走り、全身が怖気を震った。

アンは歯を食いしばった。恐怖を振り払うように全力でカブを抜きにかかる。

青々とした葉をひっぱり、根に体当たりする。だがカブはびくともしない。

「なんで……!?」

〝カブは一番の力持ち〟

子どもの頃に抱いた直感と人生最初のトラウマに強化され、なにをやっても動かない。

それどころかアンの不安を養分にしてカブは大扉より大きく生長していた。

手に負えないほど巨大化したカブを前に、足が後ろに下がる。

ばかげてる、簡単に抜けるはず。ただのカブで私の想像から出てきただけなのに。

——こんなの抜けない。抜けるわけがない。

冷静な分析を心の声が打ち消す。幼い頃に抱いた不安と絶望的な気持ちが拭えない。

アンはかぶりを振った。この方法がだめなだけ。考えるんだ、別の方法があるはず。

「小娘ちゃん！　やばいぞ、助けろ！」

〈先祖返り〉の上でぽっちゃり猫が飛び跳ね、しきりに足元を指した。

黒い波が〈先祖返り〉の脚を洗っている。海水が戻ってきているのだ。

ぞっとしたとき、ヤギ本が波に脚を取られた。十センチ程度の水嵩《みずかさ》でも書籍には命取りだ。隊列が崩れ、もみじが海水に落ちる。

パニックを起こす〈先祖返り〉たちの傍らで、ヤギ本が黒い波にさらわれた。

アンは来た道を駆け戻り、浅瀬に飛び込んだ。無我夢中でヤギ本の脚を摑むと、ぽふん、と音がして書籍に戻る。どうにか間に合ったが、代償は安くなかった。

「痛……っ」

海水から腕を引き抜くと、びっしりと水色のふきだしが嚙みついていた。

焼けつくような痛みに息が詰まる。足に同じ痛みがまとわりつくのを感じながらワガハイのところへ行き、ヤギ革の本を牛の〈先祖返り〉の背中に載せた。

「もみじ君は私が。ワガハイはみんなと、高いところに」

ワガハイが愕然とした顔で水色に焼けただれたアンの腕を見た。

「だがその腕じゃ……」

「いいから！　司書の本は外に出しちゃだめ！」

猫は気圧されたようにヒゲを張り、ぐう、と喉でうめいた。

「オレ様が戻るまで耐えろ、悪趣味な像が二体に増えたら許さないぞ！」

ぷんすかと怒りながら「行くぞコブンども！」と〈先祖返り〉たちに命じる。

巨大なカブを足場にすれば大扉の上まで登れるだろう。問題はもみじだ。

アンは海中に膝をつき、倒れたもみじに手を伸ばした。とたんに無数のふきだしに噛みつかれ、火傷《やけど》のような痛みに襲われる。痛い。痛い痛い痛い痛い痛い痛い。頭の中が痛みでいっぱいになるが、もみじを引き寄せて肩に担ぐ。

〈著者〉の少年は『恋雨とヨル』の表紙を思わせる美少女に変貌していた。

その皮膚は絶えず蠢いている。急激に痩せたかと思うと膨らみ、骨張る。大勢のイメージに侵蝕された肉体は合成画像のように変化し続けた。

薄く開いたもみじの目に光はない。人々の想像に押し潰され、心が壊れてしまったのかもしれない。

「セージさん、負けないで。諦めないで」

アンは息を弾ませて大扉を目指した。脚を持ち上げ、下ろす。たった一歩進むにも息が切れる。大扉まで数十メートルのはずが距離はまるで縮まらない。重い。苦しい。

やっとの思いで海水から乾いた床に足をかけたとき、無数のふきだしがアンを後ろに引っ張った。踏ん張りきれず、もみじと一緒にヘドロに落ちる。

起き上がろうとしたが、疲れて動けなかった。

まとわりつくヘドロと格闘しながら、どうにか肘を立てて上体を押し上げる。それだけで息も絶え絶えになり、意識が飛びかけた。

気がつけば、あたりは海鳴りに満ちていた。

遠くにあったはずの津波が高層ビルのようにそびえ、こちらへ迫ってくる。どろどろのヘドロと一緒に破壊されたものが飛び散り、迷宮に叩きつけられた。

どす黒い大津波は悪臭を放ち、床板や絨毯を砕いてのみこむ。

巨大な災害を前にアンは震え上がった。

「セ……セージさん立ってください、セージさんっ」

もみじの肩を揺らすが、反応がない。津波が刻々と迫る。走っても間に合わない。仮に大扉まで行けても大波にのまれれば一巻の終わりだ。

このままじゃ誰も助からない、〈先祖返り〉もワガハイも。

「セージさん！　起きて!!」

瀕死《ひんし》のもみじはすべてを諦め、泥のように溶けている。

海鳴りは絶叫と罵声に満ちていた。嫉妬、憤怒《ふんぬ》、怨嗟《えんさ》、非難、悪意、憎悪、卑下、不平不満。あらゆる負の感情が渦巻く黒いヘドロの波はすべてを憎み、迷宮を食い破る。

津波は絶望的に巨大だった。絶望そのものだった。

醜悪な巨大津波を前にアンは言葉を失った。同時に理解した。

そうか……これはセージさんの絶望なんだ。

ネットにはいまも伊勢もみじの作品に対する心ない言葉や個人を貶める言葉が溢れている。他者の希望や願望でさえ肉体をねじ曲げる力となる迷宮で、害意や中傷がどれほど心身に傷を負わせたか想像に難くなかった。

砕けた書棚や化石化した本が雨のように降る。紙魚は海に引きずり込まれ、極彩色の住人たちがすり潰される。数分後にはアンも濁流にのまれ、藻屑《もくず》と消える。

もう助からない。

そう悟ったとき、心に浮かんだのはまったく別のことだった。

それは、ページを捲る感触。

紙とインクの匂い。

図書室のひんやりとした空気。

これまでに読んだ本と、その本が結んでくれた人々の顔だった。

さゆりはアンが選んだ小説を嬉しそうに読んでくれた。虫干しをしながら書籍のことを教えてくれるリッカ。蔵書を整理するときのノトの優しい表情。

それから、ぶっきらぼうに本を差し出す青年。

『荘子』。『クローディアの秘密』――セージが選んでくれた本に、どれほど心を動かされただろう。漠然と抱いていた卑屈な気持ちの正体も、言葉にできなかった自分の気持ちも、本が読み解いてくれた。ありのままでいていいと教えてくれた。明日は今日とは違う自分でいようと思える勇気をくれた。

自身の中に芽生えたものに気づいたとき、波立っていた心は穏やかになった。

「……ずっと、怖かったんです。批判されるのも、仲間はずれにされるのも。空気が読めなくて失敗するのも怖かった。いまも怖いです。でも……わかってくれる人がいます。話を聞いてくれる人も、助けてくれる人だって。本当です」

札幌で出逢《であ》った人が教えてくれたこと。心の奥底にしまいこんだ痛みの記憶に立ち向かえたのは、そんな人たちと巡り逢えたからだ。

それなら今度は私の番だ。今度は私が示そう。

人の想いが心を踏みにじるのなら、その心を癒やせるのもまた人の想いだ。

「セージさん」

大津波が迫る中、アンは明るく呼びかけた。

「本はすごいんです。二千三百年前の言葉が届いて、世界中の人が読めるんです。子どもの頃に読んだ本がおばあちゃんになっても楽しめて、自分の気持ちなのに言い表せなかったことが書いてあるんです。考える力をくれるんです」

だから、と大きく息を吸う。

「信じてください。本が夢見て生まれた、この迷宮のこと。私と物語の力も」

激しい揺れと轟音を引き連れて、巨大な影がアンに落ちた。

空が落ちてくるかのように百メートルを超す真っ黒なヘドロの波が襲いかかる。とっさにアンはもみじの前に立った。水色のふきだしと紙片に埋もれた体を盾にして命懸けで守る。だが、やられっぱなしになどならない。

アンは走った。無数の紙片とふきだしに埋もれた体を脱ぎ捨て、一匹の野ネズミに姿を変える。

動画で繰り返し見たエゾヤチネズミは丸い体に似合わずすばしっこく、どんな場所も身軽に駆け抜ける。小さな体には付箋もふきだしも貼りつけない。打ち寄せる黒い波をもくぐり抜け、ちっぽけな命が津波に立ち向かう。

だが付箋とふきだしを防げてもその体はあまりに小さく弱い。巨大すぎるヘドロの大津波に当たれば最後、野ネズミの体などコンクリートに叩きつけられたように一瞬で粉々だ。捨て鉢の、自殺行為。

しかしアンは信じた。誰よりも強く、疑うことなく想った。

大丈夫だ、行こう！

野ネズミは速度を上げ、矢のように津波に突っ込んだ。

巨大なヘドロの壁に小動物の体は砕かれ、無残に命を散らす――――

その刹那、大津波が真っ二つに裂けた。

飛び散る悪意も憎悪もアンを傷つけることはできない。

なぜなら、ネズミはヒーローだからだ。


アンは歓声をあげた。

波を蹴って高く飛び上がり、倒れたもみじを振り返る。驚愕して見開かれた彼の瞳には野ネズミの姿がはっきりと映っていた。

ぽかんとした顔のもみじにアンは笑顔を返した。

迷宮は期待したことが実現する。

セージにとってネズミはスーパーヒーローだ。最弱のちっぽけな存在。同時に、なくてはならない、物語を締めくくる最後の登場人物。

言葉はいらなかった。体の内側から力が溢れてくる。迷宮の主の心が呼び覚まされ、異界に満ちる絶望を払う力が小さな野ネズミに集約される。

体が軽い。いまならどんなことだってできる。

壊れた棚板をボードにして荒波をいなしていると、馬の〈先祖返り〉が近づいてきた。

その背にニタニタと笑うぽっちゃりペルシャがいる。

「オレ様が来るまでもなかったな」

「ワガハイ！」

「うまくやったもんだ。その姿はいただけないがね」

「まだ途中だよ、ネットを外に出さないと！」

大扉は巨大なカブで塞がれている。あの植物をどうにかしないと黒い水は排出できない。アンがそう叫ぶと、ワガハイは呆れた様子で金の瞳をくるりと回した。

「もう解決したようなもんだろ。ついてこい！」

猫がひらりと〈先祖返り〉の背から飛び降りた。野ネズミのアンもそれに続くと、大きなカブの前に珍妙な列ができていた。

おじいさんとおばあさん。ほっかむりの娘、それから犬だ。

アンは吹き出して笑った。

犬の後ろにぽっちゃりペルシャがつき、野ネズミのアンがしんがりを務める。

「せーの」のかけ声で力いっぱい引っ張ると、ぽん、と小気味よい音をたてて巨大なカブが宙に飛んだ。

絶対にむりだと思っていたカブがあっさり抜けてしまった。

「よし、扉を開けろ！」

アンが白亜の大扉に触れると、現実に続く道が開かれた。野ネズミの姿のまま大扉の縁を駆けのぼり、どす黒く淀んだ海に叫ぶ。

「こっちだよ！」

ヘドロの海を呼ぶのに不安はなかった。

悪い人もいれば、善い人もいる。善人の中に悪意があり、悪人の中に善意がある。誰もが心の中にたくさんの色を持つ。だからいいのだ。

割り切れないこの世界は、様々な思いで溢れている。

黒いヘドロの津波の横から虹色の奔流がぶつかり、迷宮が大きく揺れた。カラフルな潮流はどろどろの海水を包み込み、諭し、寄り添い、跳ねながら大扉の外へ押し流す。

喜びも悲しみも悪口も賞賛も、いっしょくたになって賑やかな声が弾ける。カラフルな洪水は宝石の煌めきのように美しかった。

「アン」

そのとき、よく知った声が響いた。

振り返ると、扉の脇に残る緩やかな坂道を〈先祖返り〉の群れがのぼってくる。その中心にワガハイを肩にのせた青年がいる。

アンはその名を呼び、笑顔で駆け出した。

エピローグ

翌朝。内扉から〈モミの木文庫〉に入り、建物の照明をつけた。無人の館内はしんとして、空気はひんやりと冷たい。

古い紙とインクの匂いを胸いっぱいに吸い、アンはほっと息を吐いた。

昨夜、救急搬送されたセージは病院で意識を取り戻した。傷は数針縫う程度だが頭のケガのため検査入院となった。問題がなければ午後にもノト夫妻と帰ってくるだろう。

「アンちゃんもむりしちゃだめ、ゆっくり休むんだよ」

「図書館の仕事はしなくていいからね」

見舞いに出かけるノト夫妻は何度も念を押した。アンの顔や両手が赤く腫れ、水ぶくれになっていたからだ。まさか迷宮でふきだしに絡まれて火傷したとは言えない。日焼け止めを塗らずに一日中公園にいたから、とどうにかお茶を濁した。

「だけど、これじゃ掃除もできないか」

ヒリヒリと痛む両手にはたっぷりと軟膏《なんこう》がついている。薬が本についたら大変だ。

休館日なので人は来ないが、迷宮の影響で現実の本棚が倒れる恐れがある。異状がないか、早めに館内を確認しておきたかった。

鍵を手に受付を出たとき、正面口の扉をノックする音が響いた。

ノトたちが出かけて二十分ほどしか経っていない。忘れ物だろうか。

はーい、と返事をしながら施錠を解き、ぎょっとした。

「おはようございます。籾さんはどちらに？」

親しげな笑みを浮かべ、スーツの男性が押し入ってきた。

狐目の顔に見覚えがある。ホームステイに来て早々、館内で会った不動産業者だ。

「すいません、籾さんは不在です。ノトさんたちも……」

「は？　じゃあお嬢ちゃんだけ。いつ戻ってくるって？」

ええと、と言い淀むと、男性は不満げに短い髪をなであげた。

「どうなってんだよ。この時間指定したの籾だろ。こんなオンボロ屋敷手放すのにいつまで時間かけさせるんだ」

胸がひやりとした。

この人、立ち退きの話をしにきたんだ。

図書屋敷はセージのものだが、土地は地主から無償で借りていた。しかし土地の所有者が代わったため、セージは立退料を受け取って出て行くか、土地を買い取るように迫られている。期日までに支払えなければ〈モミの木文庫〉は閉館。セージやノト夫妻は仕事ばかりか家まで失ってしまう。

「そういえばお嬢ちゃん誰？　なんでここにいるの」

アンは返答に窮した。うかつなことを口にしてノトたちが困らないだろうか。

「籾の親戚のはずないよな。能登さんちの子でもないだろうし。それにしてもずいぶん日焼けしてるな。夏休みではしゃいだか？　美人が台無しだ」

ははは、と笑われ、かあっと全身が熱くなった。

軟膏と水ぶくれで顔がひどいことになっているのはアンが一番わかっていた。恥ずかしくて顔を上げられなくなる。

そのとき、大きな影が落ちた。アンは視線を上げ、目を瞠った。

見上げるほど大きな背中に、がっしりとして骨っぽい肩と首筋。痩せた狼を思わせる長身の青年がアンを背中にかばうようにして立っていた。

慌てて駆けつけたのか、セージは肩で息をしている。

「なんだ、いるじゃないか」

狐目の男性が睨むと、セージは呼吸を整えながら言った。

「図書屋敷は、渡さない」

「は？　いきなりなに言ってんだ。前も話したよな、タダで土地を借りてたお前に借地借家法による保護はない。いいか、土地の所有者が代わったんだ。お前に残された道はふたつ。この土地を買うか、立退料をもらって出て行くかだ。どうせ金ねえんだろ？ こんなボロ屋敷さっさと売っぱらって、どこへでも好きなところに行けよ」

「土地を買う。先日の言い値で構わない。新しい地主さんにも、それで呑んでもらってほしい」

狐目の男性は失笑した。

「ゼロ数え間違えたか？ 本を買うのと訳が違うんだよ、一体いくらになると――」

セージは尻ポケットから冊子を取った。青いクマのゆるキャラが描かれた銀行通帳だ。ページを捲るとき、背後にいたアンはそこに記された印字を目にした。

え……数字の桁おかしくない!?

目を疑うが、通帳を渡された男性が絶句するのを見て、そうではないとわかった。

「振り込む。書類を用意してくれるか」

男性は舌打ちし、セージの胸に通帳を突き返した。

「ふざけやがって、金があるなら最初から払えよ！ これまでの煮え切らない態度と併《あわ》せて、きっちり説明させるからな！」

捨《す》て台詞《ぜりふ》を吐いて扉を乱暴に開ける。アンは呆気に取られて男性の背中を見送った。

セージが振り返り、アンから一歩離れた。

「悪かった。あいつが今日、来るの……忘れてた」

「あ、いえ、昨日は大変だったから……。それよりセージさん、どうしてここに？　検査で入院中ですよね。さっきノトさんたちがお見舞いに出かけました」

鋭い三白眼がアンを見下ろした。睨まれているように感じたが、注意深く窺うと表情に気まずさがある。言い訳が思い浮かばず、固まっているようだ。

「…………つまり、黙って病院を抜け出しちゃったんですね？」

じっと無言の視線が返ってきた。図星ということだろうか。

アンの目は青年の額に貼られた真っ白なガーゼに吸い寄せられた。

「傷、大丈夫ですか？　どこか痛かったり、気持ち悪くないですか」

セージはうなずいたが、顔色がよくない。

「……本当に平気だ。迷宮の影響だから」

「ごめんなさい、私のせいですね。私がスマホを落としたから――」

「平気だ」

セージは遮ったが、その口調はきっぱりとしていて、優しかった。

「わざとじゃないのも、わかる。それに……迷宮に助けに来てくれた」

それで充分だと言うような穏やかな眼差しにアンは小さくうなずいた。

言いたいこと、訊きたいことがたくさんある。なにから切り出そうかと迷ったとき、さきほど目にした通帳のことが脳裏をよぎった。

太一の年収を知るアンだが、それと照らし合わせても尋常ではない額だった。普通の勤め人の収入ではない。しかもセージは働きに出ていないどころか昼夜逆転した生活を送っている。あんな大金、犯罪以外でどうやって。

懸念と好奇心に負けてアンは口を開いた。

「ごめんなさい、セージさん。さっき通帳が見えちゃって……あれはなんのお金ですか。どこでなにをしたらあんな金額に」

「カブ」

「カ……⁉」

「株式投資。ナスダッ——アメリカの市場で地道に、こつこつ」

想定外の言葉にアンは絶句し、両手で顔を覆った。

一瞬でも犯罪を疑った自分が恥ずかしい。というか、ずっと誤解していた。

「すみません。セージさんのこと、猫の餌やり係だと思ってました」

思わず白状すると、セージは「よく言われる」と怒った様子もない。

「迷宮が活性化するのは、人が眠る時間だ。俺はその影響を強く受けるから……夜、眠りたくないんだ。日本時間の深夜に開くアメリカの市場はちょうどいい」

アンははっとしてセージを見上げた。詳しく聞かなくても知っている。夜ごとに訪れる痛みの記憶をアンは翅の化石を通して目にした。

　ふと、困ったようにはにかむセージの表情がもみじと重なった。

「本当にセージさんがもみじ君だったんですね」

　感慨深くなって呟くと、セージは通帳で顔を隠した。

「その話題は……触れないでほしい。もみじのときは、酔っ払いみたいなテンションになって、自分でも」

　恥ずかしい。うなるように呟くその顔は心底困った様子だ。

　通帳が小さくて表情を隠せていないことは黙っておくことにした。

「図書迷宮は大丈夫ですか？」

　話題を変えるとセージは冊子を下ろした。

「黒い水は排出できた。〈先祖返り〉も無事だが……蔵書票が数枚消えた。ネットの海にさらわれたんだろう。悪さをしないか、注意がいる。残った蔵書もざわついている……時間をかけて、落ち着かせていくよ」

　時間をかけて。その言葉にアンは前のめりになった。

「じゃあ図書館、続けるんですね！　立ち退きの心配ももういらないし、人が集まれば迷宮はまた元気になりますよね⁉」

　セージはゆっくりとうなずき、独り言のように言った。

「ノトさんとリッカさんに謝らないと」

夫妻は迷宮の存在を知らない。なにをどう謝るのだろう。

アンが疑問の視線を返すと、青年はぼそぼそと呟いた。

「縛りつけてる気がしたんだ。迷宮が機能しなくなって〈モミの木文庫〉も衰退した。ノトさんとリッカさんなら、よそで充分やっていける。大きいだけのボロ屋と俺に構うことはない。でもふたりは俺の両親に恩義を感じてるから……出て行けないだろう。どうしていいか……ずっと、わからなかった」

そんなときに持ち上がった土地問題はセージの心を揺らした。このまま図書屋敷を潰したほうが夫妻にとって幸せではないのか。九年前、両親を亡くしたせいで自分から離れられなくなってしまった夫妻を自由にしてあげられるのではないか。

「でも、俺が間違ってた。昨日、病院で目が覚めたときノトさんたちがいて。心配させて、泣かせてしまうと思ったんだ」

微妙な顔で黙るセージに「違ったんですか？」と水を向ける。

青年は苦虫を嚙み潰したような顔で目を伏せた。

「めちゃくちゃ怒られた。また猫をかばって変な動きをしたと思われた」

「あー」

初めて籾家を訪ねた日、セージは顔から血をだらだらと垂らしていた。猫をかばって階段から転げ落ち、その上、顔面を猫にひっかかれたのだ。

この際だからはっきり言うけどね、猫も大事だけど自分の体も気遣いなさい。まわりにも気をつけて、アンちゃんが怖がるでしょ、セージ君は出不精なんだからもっと運動しなさい、日に当たりなさい——と、こってり絞られたようだ。

「なにも病室で言わなくてもと思ったが……少し、嬉しかった。俺の両親が生きていても、ノトさんとリッカさんは同じように叱ってくれたと思う。ふたりは昔から変わらない。変わらないまま、そばにいてくれたんだ」

十代で両親を亡くしたセージに同情して屋敷に残ったわけではない。ましてセージの両親に対する恩義や責任感からでも。

「ノトさんとリッカさんにとって、図書屋敷は帰るべき我が家だったんだ。ここが好きだからいてくれる。それがわかって、本当によかった」

セージは噛みしめるように言い、アンを見た。

「今回のことで身に染みてわかった。気づかせてくれてありがとう。君が来てくれたおかげだ。ありがとう、美原さん」

「え……」

アンはショックを受けた。途中までいい話だったのに最後があんまりだ。

傷ついた顔をするアンを見て、セージは困惑した表情になった。わかっていない様子にますますやきもきする。

　無意識に耳に触れていることに気づき、アンははっとした。

　ここで黙ってしまったら、昨日の私と変わらない。

　きゅっと唇を結び、セージを見上げる。

「あの、急に『美原さん』って呼ばれるのは、寂しいです。アンって呼んでほしいです。迷宮にいるときと同じみたいに」

「………それはどうかと」

　セージの眉間に深いしわが刻まれ、凶悪な人相に変わる。だがもう知っている。

　青年が猫背になるのはアンの前だけだ。大きな体格で怖がらせないように精一杯身を縮め、低い声で怯えさせないよう、ぼそぼそと話す。

　本当は可愛いものとスイーツと本が大好きな、優しい人。

「関係ないです。どんな姿でどこにいても、セージさんはセージさんです」

　アンの言葉に青年の表情がかすかに明るくなった。

「胡蝶の夢だ」

　目鼻立ちのしっかりした精悍な顔立ちは厳《いか》めしさが先に立ち、鋭い三白眼は殺し屋というあだ名がよく似合う。しかしその眼差しはとても優しい。

　そのとき、ぽてぽてと足音がして廊下から猫がやってきた。

ジンジャーオレンジのペルシャ猫は受付に飛び乗って「ナー」とだみ声で鳴いた。

「ワガハイも大活躍だったよね。あとでおやつあげる」

「……かつお味より、チーズ味が好きだ」

セージは大きな手でワガハイの耳の後ろを掻き、ついでのように付け加えた。

「館内は俺が見回る。……アンは休んで」

「――はい！」

満面の笑みで答えると、セージも柔らかな表情をみせた。

鍵を手に見回りに行こうとする背中にアンは慌てて声をかけた。

「セージさん、その前にノトさんたちに連絡してください。あと検査も受けてくださいね、叱られちゃいます」

検査、という言葉に青年の肩がびくりと震えた。

「…………そうだな。すぐ戻る」

踵を返して内扉へ向かう背中は心なしか、しゅん、として見えた。

ニャヒヒ、と受付から笑い声が響く。

驚いて横を見ると、ぽっちゃりペルシャは大あくびしていた。

「なんだ、気のせい……」

呟いてから、ふっと肩の力が抜けた。

「どっちでもいっか。図書屋敷と図書迷宮は表裏一体だよね」

正面口の扉の向こうは真夏の日差しに輝いている。緑豊かな庭園の草木が爽やかな風に揺れ、さらさらと葉擦れの音が響く。

これからも、この庭を通ってまだ見ぬ来館者がやってくる。そして図書屋敷では世界中の叡智と想いが詰まった書籍がページを開かれるのを心待ちにしている。

本を求める人と、人を求める本。

両者を取り持つのが迷宮の司書の役目だ。

アンは猫の顎をなでた。

「次はどんな本に出会えるかな」

まだ知らないことがたくさんある。その知らないことの数だけ、誰もが新しい扉を開くことができるのだ。

熱い風が胸の中を吹き抜けた。

あとがき

本はお好きですか？

どんな本がお好きでしょう。小説、実用書、絵本、マンガ、図鑑、専門書。それぞれ比べられない良さがありますよね。本って、いいですよね。

この物語はそんな「本っていいよね」をテーマに、札幌《さっぽろ》の古いお屋敷《やしき》を舞台に少女が猫と書籍と少年の謎に挑む冒険小説です。

こんなお話を書きたい、と編集部に企画書を提出したのは二〇一八年のことでした。四年かかりましたが、初志貫徹、企画書どおりの物語が完成しました。

その間に世の中は目まぐるしく変わり、SNSを巡っては痛ましいニュースが盛んに報じられるようになりました。あっという間にフィクションが現実に追い抜かれてしまいましたが、そんな今だから伝えられることもあるのだろうと思います。

また、本書を語る上で忘れられないエピソードがあります。

じつは本書と並行して前作『オーダーは探偵《たんてい》に』を執筆していたのですが、こちらは喫茶店とミステリを扱った少女マンガのような気軽な作品です。その完結編では九年続いたシリーズを締めくくるにふさわしく、格好いい男の子が勢揃《せいぞろ》いしました。一方、本書といえば目つきの悪い青年と美少年のふたり。……イケメン、少なくない？

エンタメ的にどうなの、どうするどうしよう、こうなったらワガハイをイケメ……イケ猫に！　と前作の反動でおかしくなる著者に担当編集の坂本《さかもと》さんはこう言いました。

「ワガハイはマスコットキャラなので……」

目玉が飛び出るほど驚きました。そうでした、猫だ。イケ猫ってなに。

坂本さんがいなかったら、今頃ワガハイがとんでもないことになっていました。

もう一人の担当藤澤《ふじさわ》さんは猫愛もさることながら本書の舞台に縁があり、いっそう猫と札幌愛の深い物語に仕上げてくれました。

道産子《どさんこ》の本田《ほんだ》家の皆様には札幌の空気や言葉、本書に欠かせないものをたくさんいただきました。この出会いがなければ本作はまったく別の物語になっていたでしょう。

そして装画は前作に引き続き、おかざきおかさんです。美麗な表紙はもちろん、アンたちのキャラデザインもすてきなので、ぜひじっくりとご覧になってください。

ファンタジーが書きたい。デビュー前から想《おも》い続け、ようやくその力がついたように思います。何より、奇跡のような出会いとたくさんの方の支えがあって、ここまで来ることができました。この世界に本があってよかった。

本に携わるすべての方へ、心から感謝いたします。

近江泉美《おうみいずみ》

【参考文献】

金谷治訳注『荘子　第一冊（内篇）』岩波書店　1971年
E・L・カニグズバーグ『クローディアの秘密』松永ふみ子訳　岩波書店　1975年
コナン・ドイル『シャーロック・ホームズの冒険』石田文子訳　KADOKAWA　2010年
A・トルストイ再話『おおきなかぶ』佐藤忠良画、内田莉莎子訳　福音館書店　1966年

【参考資料】

ミヒャエル・エンデ『はてしない物語』上田真而子訳、佐藤真理子訳　岩波書店　1982年
金谷治『老荘思想がよくわかる本』（新人物文庫）KADOKAWA　2012年
蔡志忠『マンガ　老荘の思想』和田武司訳　野末陳平監修　講談社　1987年
福永光司『荘子　内篇（中国古典選12）』吉川幸次郎監修　朝日新聞社　1978年
森三樹三郎訳『荘子I』中央公論新社　2001年
ジョイ・リチャードソン『やさしいメトロポリタン美術館ガイド』中野吉郎、森千花

共訳 ほるぷ教育開発研究所 1994年
YouTube: The Met（メトロポリタン美術館公式ページ）
https://www.youtube.com/channel/UCDlz9C2bhSW6dcVn_PO5mYw
メアリー・ノートン『床下の小人たち』林容吉訳 岩波書店 1956年
エーリヒ・ケストナー『ふたりのロッテ』高橋健二訳 岩波書店 1950年
アストリッド・リンドグレーン『長くつ下のピッピ 世界一つよい女の子（リンドグレーン作品集1）』大塚勇三訳 岩波書店 1964年
アーサー・コナン・ドイル『シャーロック・ホームズ全集3 シャーロック・ホームズの冒険』小林司訳、東山あかね訳 河出書房新社 1998年
アーサー・コナン・ドイル『シャーロック・ホームズの冒険』日暮雅通訳 光文社 2006年
夏目漱石『吾輩は猫である』青空文庫

<初出>
本書は書き下ろしです。

この物語はフィクションです。実在の人物・団体等とは一切関係ありません。

◇◇メディアワークス文庫

深夜《しんや》0時《じ》の司書《ししょ》見習《みなら》い

近江泉美《おうみいずみ》

2022年4月25日　初版発行
2024年12月15日　13版発行

発行者　山下直久
発行　株式会社KADOKAWA
〒102-8177　東京都千代田区富士見2-13-3
0570-002-301（ナビダイヤル）
装丁者　渡辺宏一（有限会社ニイナナニイゴオ）
印刷　株式会社KADOKAWA
製本　株式会社KADOKAWA

●お問い合わせ
https://www.kadokawa.co.jp/（「お問い合わせ」へお進みください）
※内容によっては、お答えできない場合があります。
※サポートは日本国内のみとさせていただきます。
※Japanese text only

※定価はカバーに表示してあります。

Printed in Japan
ISBN978-4-04-914057-6 C0193

メディアワークス文庫　https://mwbunko.com/

本書に対するご意見、ご感想をお寄せください。

あて先
〒102-8177　東京都千代田区富士見2-13-3
メディアワークス文庫編集部
「近江泉美先生」係

◆◇◇